북천전 1

천봉신무협 장편소설

PAPYRUS ORIENTAL FANTASY

북천전기 14

초판 1쇄 발행 2023년 8월 17일

지은이 ㅣ 천봉
발행인 ㅣ 최원영
편집장 ㅣ 이호준
편집 ㅣ 송영규 최종건 정재웅 양동훈 곽원호 조정범 강준석 김시언
편집디자인 ㅣ 한방울
영업 ㅣ 김민원

펴낸곳 ㅣ ㈜ 디앤씨미디어
등록 ㅣ 2002년 4월 25일 제20-260호
주소 ㅣ 서울시 구로구 디지털로 26길 111 JnK디지털타워 503호
전화 ㅣ 02-333-2513(대표)
팩시밀리 ㅣ 02-333-2514
E-mail ㅣ papy_dnc@dncmedia.co.kr
블로그 ㅣ blog.naver.com/gnpdl7

ISBN 979-11-364-4644-2 04810
ISBN 979-11-364-3596-5 (SET)

※ 저자와 협의하여 인지는 붙이지 않습니다.
※ 이 책은 ㈜ 디앤씨미디어(파피루스)가 저작권자와의 계약에 따라 발행한 것으로 본사와 저자의 허락 없이는 어떠한 형태나 수단으로도 내용을 이용할 수 없습니다.

14

천봉 신무협 장편소설

북천전기
北天戰記

1장. 대지존의 대리자 · 7

2장. 황태, 철혈가를 떠나다 · 49

3장. 퇴각하는 대막무림 · 91

4장. 사냥 · 131

5장. 분열의 조짐 · 171

6장. 의문의 소림사 · 211

7장. 백무영의 분노 · 253

1장
대지존의 대리자

당신을 따라서

대지존의 대리자

"놈들의 표정이 아주 볼만했어. 후후후."

신휘의 얼굴에서 웃음기가 가실 줄을 몰랐다.

"마냥 좋아할 수만도 없다. 막강한 권한을 가졌다는 것은 그만큼 져야 할 책임도 많아졌다는 거니까."

연후는 차를 한 모금 마셨다.

딸그락.

오늘따라 차향이 더 감미로웠다. 그도 그럴 것이 조금 전에 끝난 회의에서 원하는 것을 얻었다.

뒤에 가서 어떻게 될지는 모를 일이지만 당장은 대지존에 준하는 권한을 거머쥔 것이나 마찬가지였다. 그것은 곧 적어도 이곳에서만큼은 연합군을 지휘할 수 있음을 의미했다.

연후는 차를 한 모금 더 마셨다.

"어쨌거나 아군의 희생으로 얻은 자리이니 몇 배로 갚아는 줘야겠지."

"과연 장로원주가 가만히 있을까? 한경이 그 늙은이의 수족이나 다름없는 자라고 들었는데 말이야."

"대지존의 권한 행사는 적법한 통치 행위다. 만약 장로원주가 이 사안에 대해 개입을 하려 든다면 그 역시도 정치적 부담을 안아야 할 터. 여기서 그자가 어떻게 나오는지를 보면 그자의 성향을 대충은 파악할 수 있겠지."

"그것까지 노린 건가?"

"겸사겸사."

"못 말릴 친구군. 후후후."

신휘는 뭐가 그렇게 기분이 좋은지 연신 웃었다.

그때였다. 밖에서 철우의 목소리가 흘러들었다.

"주군, 사자께서 드셨습니다."

"모셔라."

철군악이 문을 열고 들어섰다. 그런 그의 표정이 매우 심각하게 굳어 있었다.

연후는 슬며시 미간을 좁혔다.

"표정이 어둡소?"

"사천성에서 막 연락이 왔는데…… 서장무림에 맞섰던 연합군이 참패를 당했다고 합니다."

"……!"

철군악은 말을 이어 나갔다.

그의 말에 따르면 서장무림과의 대전에서 대패를 한 연합군이 사천당가까지 전선을 물렸고, 그 와중에 절반이 넘는 병력이 전사했다고 한다.

각 가문의 주요 고수들의 피해도 극심한데, 누가 죽고 다쳤는지는 아직 파악 중이라고 했다.

"서장무림이 그렇게 강했나?"

신휘가 굳은 표정으로 중얼거렸다.

연후는 철군악에게 말했다.

"벌과 소통하며 이후의 동향에 대해 수시로 파악을 해 줘야겠소."

"알겠습니다."

철군악이 자리를 뜨자 연후는 의자에 깊숙이 몸을 묻으며 눈빛을 가라앉혔다.

가장 먼저 북궁천의 안위가 걱정되었다.

개인적인 친분도 친분이지만 그가 혹시라도 잘못되면 검가는 물론이고 남부무림과의 연결고리가 완전히 끊길 수도 있는 문제였다.

신휘가 믿을 수 없다는 듯 중얼거렸다.

"놀랍군. 비록 각각 일만에 불과한 병력이라지만 그래도 여섯 가문의 주군들이 함께하고 있었는데 대패를 당하다니……."

"서장무림이 예상보다 더 강했거나 여기처럼 내부에 문제가 있었을지도 모르지. 하나같이 자존심이 하늘을 찌르는 자들이니 제대로 단합이 될 리는 없었을 테니까. 만약 내부 문제가 대패의 원인이었다면 중원무림의 가장 큰 약점이 제대로 드러났다고 볼 수밖에."

"하나하나는 강력하지만 모아 놓으면 모래알처럼 흩어진다…… 이런 의미로 보면 되겠군."

연후는 묵묵히 고개를 끄덕였다.

신휘가 말을 이었다.

"이쯤 되면 장로원주도 나서지 않고는 배기지 못할 텐데 말이야."

"쉽사리 나서지는 않을 거다. 대패를 했다고는 하나 각 가문에는 여전히 강력한 전력이 남아 있으니까. 백야벌도 마찬가지고."

"하면 이제부터 중원무림의 진정한 힘을 볼 수 있겠군."

"그뿐만이 아니라 장로원주의 능력도 시험대에 오른 셈이라고 봐야지. 만약 두 개의 전쟁에서 한 곳이라도 패하게 된다면 자타가 백야벌의 실질적인 수장이라 인정하는 그자의 입지에 치명적 타격이 될 테니까 말이야."

"흠. 그런 의미라면 더 빨리 나설 수도 있지 않을까?"

"어쩌면 그럴지도."

이렇게 되고 나니 대리자라는 막강한 권한을 손에 쥔 것이 큰 책임감으로 다가왔다. 이곳에서마저 패하게 된다면 중원무림은 큰 타격을 받을 수밖에 없었으니까.

'무조건 이겨야 하는 전쟁이 되어 버린 건가?'

사천성의 대패는 연후 개인의 행보에도 상당한 타격이었다. 엄밀하게 말하면 타격이라기보다는 차질을 빚게 된 것이라 볼 수 있었다.

모든 것을 대업에 맞춰 나가고자 했는데, 이제는 모든 것을 차치하고 무조건 이겨야 하는 전쟁으로 양상이 바뀌어 버린 것이다.

"아무래도 적랑단을 불러들여야겠어."

잠시 후 전서구 한 마리가 서남쪽 하늘로 날아올랐다. 안전을 위해서라면 독수리를 보내야 했지만 아직까지 독수리는 적랑단이 머물고 있는 도시를 가 본 적이 없었다.

* * *

"대패를 해?"

장로원주 서문회의 얼굴이 일그러졌다.

"병력의 절반 이상이 돌아오지 못했다고 합니다. 게다가 각 가문의 주요 고수들의 피해도 상당한 것 같습니다."

측근의 보고에 서문회는 아연실색했다.

북부의 철혈가를 제외한 여섯 가문의 주군이 그곳에 있었다. 또한 인근의 문파들에게서 차출한 병력까지 더하면 십만에 달하는 대군이 함께하고 있었다.

그런데 대패를 했다니. 아니, 병력의 절반을 잃었다면 참패라고 보는 것이 옳으리라.

파스스······.

서문회의 수중에 있던 전서가 가루가 되어 바닥으로 떨어졌다. 노기가 담긴 눈동자에서 한순간 기광이 번뜩였다가 사라졌지만 측근은 고개를 숙이고 있어서 미처 그것을 보지 못했다.

"보나마나 자존심 싸움을 하다가 제대로 협력을 하지 못했겠지. 어리석은 것들······."

"당장 지원 병력을 보내 달라는 요청이 연이어 날아들고 있습니다."

"보내 달라면 보내 줘야지."

"하면······ 어디를 보내실는지요?"

"천추검단이면 충분하지 않겠느냐?"

"알겠습니다. 하면 당장 천추검단에 원주의 명을 하달하도록 하겠습니다."

측근이 밖으로 나서자 서문회의 표정이 언제 그랬냐는 듯 담담하게 바뀌었다.

하지만 또 다른 측근이 들어서자 눈빛과 표정을 고쳤다.

"무슨 일이냐?"

"공자께서 전서를 보내오셨습니다."

"추아가 서신을 보내?"

"예."

서문회는 서문추가 보냈다는 전서를 즉각 펼쳤다. 전서에는 깨알 같은 글씨가 빼곡하게 적혀 있었다.

천천히 읽어 내려가던 서문회의 표정이 변했다. 매섭게 변하는 눈빛은 사천성에서의 참패를 접할 때보다 더 한 노기를 담아 갔다.

'한경을 총사의 자리에서 끌어내리고 철혈가주를 대지존의 대리자로 임명해?'

노기도 노기지만 당장은 어이가 없었다.

나약하기 짝이 없는 소무백이 이런 짓을 할 거라고는 상상조차 못했던 터였다.

"이자가 노부의 그늘에서 벗어나더니 천지분간을 못하고 설치려 드는구나."

"예? 누구…… 말씀이십니까?"

"아니다. 알았으니 그만 돌아가 보거라."

다시 혼자 남게 된 서문회는 의자에 깊숙이 몸을 묻으며 눈빛을 가라앉혔다.

"삭주군의 총사가 어떤 자리인지 모르지는 않을 터. 알면서도 이런 짓을 했다는 것은 철군악, 놈의 뜻이라고 봐야겠지."

서문회는 이번 일의 배후에 철군악이 있을 거라 의심했다. 아무리 생각해도 그가 아는 소무백은 독단으로 그런 짓을 벌일 수 있는 인물이 아니었다.

팟.

다시 기광을 번뜩이는 두 눈. 뒤이어 입가에 흐릿한 미소까지 맺혔다.

"전투에서의 책임을 물어 감히 노부가 아끼는 한경을 문책하고 총사의 직에서 끌어내렸다면 너희 역시 전투에서 패하면 문책을 당해야 할 터. 어디 얼마나 잘하는지 한 번은 기회를 줘 보마. 후후후."

* * *

종이호랑이.

사천성에서의 참패가 알려지자 천하인들은 팔대가문을 그렇게 부르기 시작했다.

지금껏 천상천의 존재로 대접받으며 천하인들을 관조해 왔던 그들이 한 번의 참패로 졸지에 조롱의 대상으로 전락하고 만 것이다.

물론 백야벌은 예외였다. 백야검단이 북쪽으로 떠나면서 사천성에는 백야벌의 정예군이 없었던 까닭이다.
오히려 백야검단이 남아 있었더라면 결과는 달라졌을 거라는 시각이 지배적이었다.
그리고 서북무림과 황하수련과의 연이은 전쟁에서 압도적 승리를 거둬 왔던 북부무림이 대막무림을 막기 위해 사천성을 떠나지 않았다면 그 역시 결과는 달라졌을 거라 말하는 사람들도 많았다.
결국 사천성에서의 참패는 북부무림의 존재감만 키워 주는 꼴이 되어 버렸는데…….

삭주군 본영.
적의 선봉 부대를 궤멸시키는 쾌거를 이뤄 냈지만 분위기는 결코 밝지 못했다.
특히 가장 막대한 피해를 입은 월가는 침통함을 넘어 비통에 빠져 있었다.
전가도 크게 다르지 않았다. 월가에 비해 피해가 적다지만 그들 역시 삼천에 가까운 병력을 잃었고, 수장인 손광이 문책을 당하면서 지휘권마저 상실한 까닭이었다.
그러한 전가의 군영을 연후가 찾았다.
전가의 무사들은 예를 갖춰 그를 맞았지만 분위기는 결코 호의적이지 않았다.

연후를 맞기 위해 막사 밖으로 나선 손광은 다가오는 연후를 향해 포권을 취하며 살짝 머리를 숙였다. 땅을 향한 그의 눈빛에는 짜증이 잔뜩 내려앉아 있었다.

"어인 일로 막사를 찾으셨는지요."

"몇 가지 확인할 게 있어서 왔소. 들어갑시다."

연후는 먼저 손광의 막사로 들어갔다.

철우가 뒤를 따랐고, 손광은 짜증이 가득한 눈으로 연후의 뒷모습을 노려본 뒤에야 뒤를 따랐다.

연후는 손광의 의자에 앉았다. 철우가 그 뒤에 시립했고, 손광은 평소 부장들이 앉던 곳에 자리했다.

"지원 요청은 했소?"

"예."

"언제쯤 도착할 것 같소?"

"그건 저도 잘……."

말끝을 흐리는 손광. 그런 그를 연후는 말없이 직시했다. 연후가 갑자기 말이 없자 손광은 자신이 뭘 잘못했나 싶어 내심 당황했다.

"내 지휘를 받게 된 것이 불만인 모양이군."

"대지존의 뜻인데 감히 어찌……. 오해십니다."

"오해를 하지 않게끔 하려면 말투와 태도부터 고쳐야지. 아니 그렇소?"

"……."

마침 무사 한 명이 차를 갖고 들어오면서 어색해질 수도 있었던 분위기가 살짝 바뀌었다.

연후는 차를 한 모금 마시고는 다른 말을 꺼냈다.

"남은 병력이 얼마나 되오?"

"칠천이 조금 못 됩니다."

"그럼 병력을 두 부대로 나누도록 하시오. 그런 다음 각각 혈왕군과 백야검단에 배속토록 하겠소."

"예?"

당장 발끈하는 손광이었다.

연후는 담담히 말을 이었다.

"손 전주가 이끄는 부대가 혈왕군에 배속될 테니 미리미리 혈왕군의 문화에 대해 알아 두는 게 좋을 거요. 며칠 전과 같은 실수를 되풀이하면 곤란하지 않겠소."

"아무리 그래도 그건 받아들일 수 없습니다. 대지존 직속이면 모를까, 혈왕군의 지휘를 받는 것은 있을 수 없는 일입니다!"

손광이 얼굴을 붉히며 언성까지 높였다.

연후는 조용히 찻잔을 내려놓았다.

쩌저적.

뜨겁기 짝이 없던 차가 한순간 얼어붙는 소리와 함께 얼음으로 화했다.

연후는 얼음을 꺼내어 탁자 위에 올렸다.

탁.

"내가 지금 부탁을 한다고 생각하나?"

"……."

"대지존의 대리자로서 내리는 군령을 따르지 않으면 어떻게 될까?"

"즉참입니다."

철우가 대신 대답했다.

연후는 의자에 깊숙이 몸을 묻으며 두 손을 깍지 끼었다. 그러고는 서늘한 눈으로 손광을 직시했다.

손광은 시선을 피하지 않았다.

하지만 그 시간이 결코 오래가지는 못했다. 더 쳐다보고 있다가는 정말 목이 날아갈지도 모른다는 생각이 든 것이다.

"……군령에 충실히 따르겠습니다."

"하나 더."

"……."

"특별한 경우가 아니라면 혈왕의 지휘를 받게 될 거요. 물론 이 또한 군령임을 명심하시오."

비로소 말투가 바뀐 연후였다.

손광은 치미는 울화를 간신히 억눌렀다.

"따르겠소?"

"……따르겠습니다."

"좋소."

자리에서 일어나려는 연후에게 손광이 물었다.

"월가는 어떻게 되는 겁니까?"

"월가는 남은 병력이 삼천에 불과해서 따로 부대를 나누지 않고 혈왕군에 배속시켰소. 물론 방 전주도 따를 것을 맹세했소."

그 말에 손광은 조금은 기분이 풀렸다.

연후는 막사를 나서면서 한마디 더 했다.

"내가 손 전주라면 지금 당장 혈왕을 찾아갈 거요. 그는 자그마한 실수조차도 용납하지 않는 사람이니 미리미리 조언을 구하는 게 좋지 않겠소?"

"……."

잠시 후 연후가 떠나자 손광은 애써 참았던 울분을 터트렸다.

쾅!

손짓 한 번에 탁자가 박살이 나며 파편이 사방으로 날아갔다.

"빌어먹을……."

* * *

북방 대평원.

대막의 한이 서려 있는 그곳에도 봄기운이 드리우기 시작했다.

쌓였던 눈이 녹으면서 드러난 대지에 파릇파릇한 새싹이 올라오고 시작했고, 겨우내 사라졌던 짐승들이 몰려나와 봄이 마련한 만찬을 즐기느라 여념이 없었다.

그중 유난히 큰 덩치를 자랑하던 양 한 마리가 갑자기 날아든 핏빛 광채에 머리를 잃고 쓰러졌다.

털썩!

양을 죽인 핏빛 광채는 마치 살아 있는 생명체처럼 허공을 가로질러 한 노인의 몸속으로 스며들었다.

한순간 혈광을 번뜩인 노인의 눈동자가 대평원의 남쪽을 향해 가늘어졌다.

"무령이 죽었다고……."

그저 읊조리는 듯한 한마디에 뒤에 서 있던 자들이 일제히 머리를 조아렸다.

휘이잉.

온기를 머금었던 바람이 순식간에 냉랭하게 변했다. 바람은 노인의 얼굴과 전신을 차례로 할퀴고 지나갔다.

"누가 그 아이의 목을 베었느냐."

"철혈가주 이연후로 확인되었습니다."

꿈틀.

노인의 백미(白眉)가 슬며시 움직였다.

"무령이 고작 그따위 놈에게 당했다는 말이냐?"

"속하들도 믿을 수 없어 몇 번에 걸쳐 확인을 해 보았는데…… 사실이었습니다. 놈이 전장으로 향하던 부원수를 기습하여……."

"누구에게 확인하였느냐."

"부원수의 호위 몇 명이 생존해 있습니다."

"데려오너라."

"존명!"

잠시 후 세 명의 황포인이 노인의 앞에 섰다. 노인은 뒷짐을 지고 남쪽을 바라보는 자세로 조용히 물었다.

"철혈가주가 무령이를 죽였느냐?"

"예, 대원수. 그 간악한 놈이 매복을 하고 있다가 전장으로 향하던 부원수를……."

"죽여 주십시오! 속하들이 부원수를 지켜 드리지 못했습니다!"

퍽퍽퍽!

세 황포인이 엎드리며 이마로 땅을 찧었다.

노인은 그제야 천천히 돌아섰다. 바다처럼 깊고 고요하던 눈동자에 어느새 진득한 살기가 담겨 있었다.

하지만 그것도 잠시 이내 본연의 빛을 되찾으며 사망선고를 내렸다.

"그 아이가 외롭지 않게 너희들이 곁에서 지켜 줘야겠다."

"……!"

"내 손에 피를 묻히기를 바라느냐?"

바르르…….

죽여 달라고 했건만 정작 죽음이 정해지니 온몸을 바들바들 떠는 황포인들이었다.

하지만 이내 받아들였는지 일제히 손을 들어 천령개를 내리쳤다.

퍼퍼퍽!

"늑대의 먹이로 던져 주거라."

"존명!"

노인은 다시 대평원의 남쪽으로 시선을 던졌다. 침묵의 시간이 다시 시작되었다.

그러기를 얼마나 지났을까?

"공격을 명하시면 대군을 이끌고 내려가 적의 군영을 잿더미로 만들어 버리겠습니다, 대원수!"

노인의 뒤에 시립해 있던 이들 중 하나가 입을 열자, 뒤따라 다른 이들도 소리치기 시작했다.

"부원수의 복수를 허락해 주십시오, 대원수!"

"대원수!"

봇물이 터지듯 쏟아지는 수하들의 원성에도 노인, 대원수의 눈빛은 한 치의 미동조차 없었다.

"그 아이의 죽음보다 우리의 대업이 우선이니 분을 삭

여라. 그리고 때를 기다려라."

"대원수!"

"감히 본 좌에게 두 번을 말하게 할 셈이냐?"

"……!"

노기를 읽었을까?

들끓던 분위기가 언제 그랬냐는 듯 조용하게 변해 갔다.

대막의 대원수 태무광(太武光).

대막의 누구라도 그가 하지 말하면 하지 말아야 하고, 그가 참고 기다리라면 기다려야 했다. 어기면 그 즉시 죽음이기에.

태무광은 지금 아꼈던 조카의 죽음에도 동요하지 않고 인내하고 있었다.

자신과 대막의 대업을 위해서.

"철혈가주 이연후라……."

착각일까?

한순간 태무광의 동공 깊숙한 곳에서 녹광(綠光)이 떠올랐다가 사라졌다.

그때였다.

푸드득!

전서구 한 마리가 태무광의 한 측근 어깨 위로 내려앉았다. 측근은 곧장 전서구의 다리에 묶여 있던 전서를 끌러 태무광에게 가져왔다.
 태무광은 천천히 전서를 펼쳤다.
 전서에는 딱 한 글자만 적혀 있었다.

 공(攻).

 순간 태무광의 눈동자에 다시금 녹광이 맺혔다.
 "예상보다 빨리 때가 찾아왔군."
 나지막이 중얼거린 태무광이 뒤를 향해 돌아섰다.
 수십 명의 측근 뒤로 광활하게 펼쳐져 있는 대평원 위에 헤아릴 수 없을 만큼 엄청난 병력이 도열해 있었다. 태무광에게 대업완수라는 꿈을 가져다줄 대막의 정예들이었다.
 태무광은 잠시 그들을 바라봤다.
 보고만 있어도 가슴이 웅장해지며 대업 완수를 향한 의지가 불타오르는 것 같았다.
 잠시 후 태무광은 나지막이 명령을 내렸다.
 "전군. 진격하라."

* * *

 삭주 군영.

퍼드득!

전서구들이 쉴 새 없이 날아들었다. 대부분이 북방에서 날아든 것들이었다.

정보를 담당하던 무사들은 정보를 취합하느라 여념이 없었고, 취합된 정보는 바로바로 소무백에게 전했다.

소무백은 그것을 연후에게 알렸다.

첫날은 대막의 정예들이 대평원 남쪽을 향해 천천히 내려오고 있다는 내용이 전부였다. 모두가 예상하고 있었던 터라 특별할 것은 없었다.

하지만 두 번째 날에 날아든 전서에 모두는 긴장할 수밖에 없었다.

대막의 대대적인 진군을 알려온 것이다.

* * *

사령막.

대지존 소무백을 비롯한 수뇌들이 그곳에 모였다. 막사에서 광마의 검을 수련하던 연후는 급보라는 말을 듣고 서둘러 막사로 향했다.

그가 들어서자 철군악이 소무백을 대신하여 본론을 꺼냈다.

"대막의 대원수가 이끄는 대군이 빠른 속도로 남하하

고 있다는 첩보가 입수되었습니다. 병력의 수는 대략 이십만 전후, 현재의 속도라면 이틀 후에 접경 지역에 다다를 것으로 예상됩니다."

좌중이 술렁거렸다. 아직 지원 병력이 도착하지 않은 까닭에 다들 긴장할 수밖에 없었다.

연후는 전가와 월가에게 물었다.

"지원 병력은 언제쯤 도착할 것 같소?"

"사천성에서의 대패로 인해 그곳부터 지원을 해야 하는 까닭으로 다소 늦을 것 같습니다."

"본 가도 그러합니다."

연후는 철군악을 응시했다.

철군악이 말했다.

"벌을 나선 천추검단이 늦어도 내일 점심 무렵이면 도착할 듯합니다."

"규모를 알고 싶소."

"이만입니다."

연후는 계산을 해 보았다.

현재 삭주에 주둔하고 있는 병력은 기존 삭주군 오만에 백야검단 일만, 혈왕군 일만, 그리고 전가와 월가의 생존 병력 일만을 더하여 총 팔만이었다.

거기에 곧 있으면 도착할 적랑단 삼만과 천추검단 이만을 더한다면 총병력은 십삼만에 이르렀다.

대막과 비교하면 칠 할에도 못 미치는 병력이었지만, 다소 열세라 하더라도 수성이 유리하다는 점을 생각하면 못 이겨 낼 병력 차는 결코 아니었다.

연후는 소무백을 응시하며 말했다.

"제가 연합군을 이끌어도 되겠습니까?"

"그렇게 하시지요."

이미 정해져 있던 답이 소무백의 입술을 뚫고 흘러나왔다.

연후는 좌중을 한 차례 쓸어 보았다.

그를 보기가 불편했던 몇몇 인사들이 시선을 회피했다. 특히 전가를 이끌고 있는 손광은 연후가 들어설 때부터 아예 쳐다보지도 않고 있었다.

"지금부터 전략 회의를 시작하겠소. 다들 똑똑히 기억해 두었다가 그대로 실행토록 하시오."

곧장 시작된 전략 회의는 고작 한 시진 만에 끝이 났다. 이미 머릿속에 모든 상황을 가정하여 계획을 세워 둔 연후였기에 가능한 일이었다.

대막의 대원수가 직접 이십만 대군을 이끌고 진격을 해 오는 상황이었기에 당연히 회의가 길어질 거라 생각했던 모두는 당황을 금치 못했다.

연후는 마지막으로 경고하는 것을 잊지 않았다.

"군령을 어기면 누구라도 용서치 않을 것이오. 이 점

똑똑히 기억해 두도록 하시오."

모두는 각자의 자리로 돌아갔다.

소무백은 막사 밖까지 연후를 배웅했다. 그에 연후는 막사 밖에 모여 있는 수많은 무사들에게 보란 듯이 소무백을 향해 머리를 조아렸다.

"중원무림과 대지존을 위해 싸우겠습니다."

연후의 의도를 모를 리 없는 소무백과 철군악은 울컥했다.

* * *

혈왕군의 군영으로 향하는 방개와 손광의 표정이 소태를 씹은 듯 잔뜩 일그러져 있었다.

앙숙이 되어 버린 탓에 서로를 쳐다보지도 않았지만 이제부터 혈왕군에 배속되어 함께할 수밖에 없는 처지가 되었으니 어쩔 수 없이 서로 부대끼며 지내야 했다.

'대체 어쩌다가……'

손광은 귀신에 홀린 기분이었다.

전공에 욕심을 내어 작전과 달리 먼저 움직인 월가가 못마땅해 뒤늦게 지원을 간 것이 이렇게까지 큰 후유증을 남길 줄은 꿈에도 몰랐다.

전서를 통해 전가에도 알렸지만 사천성에서의 대패 때

문인지, 아니면 다른 이유 때문인지 몰라도 지금껏 답신조차 없었다.

소무백에게 부당함을 청했지만 소용이 없었다. 오히려 연후의 지시에 따르라는 질책만 받고 돌아서야 했다.

'빌어먹을…….'

그런 손광을 곁눈질로 쳐다보던 방개가 넌지시 말을 건넸다.

"가만히 있을 거요?"

"닥치시오. 이게 다 누구 때문에 벌어진 일인데……."

"이유는 나중에 따지기로 하고, 일단은 구겨진 체면부터 살려야 할 게 아니오. 아무리 우리가 실수를 했다고는 하나 혈왕의 지휘를 받는 졸자가 되어서야 되겠소?"

손광이 뭐라 답을 하려 할 때였다.

"빨리 오시오."

저만치 앞에서 굵직한 목소리가 들려왔다. 고개를 들어 쳐다보니 신우가 서 있었다.

그가 혈왕 신휘의 동생이라는 것을 알고 있었던 손광과 방개는 슬며시 표정을 고쳤다.

그때 신우의 뒤에서 백무영과 악소가 모습을 드러내었다. 두 사람은 신휘와 대화를 나누고 막 나서는 길이었다.

그들이 어떤 사람들인지 모르고 있었던 손광은 두 사람이 자신들의 길을 막아서자 대뜸 호통부터 쳤다.

"비키지 못하겠느냐!"

백무영과 악소가 걸음을 멈췄다.

손광이 한 번 더 호통을 치려 할 때, 신우가 황급히 앞으로 나섰다.

"죄송합니다. 저 사람들이 두 분을 미처 알아뵙지 못한 것 같습니다."

"……!"

손광은 흠칫했다.

백무영과 악소가 대체 누군데 혈왕군의 이인자인 신우가 저렇듯 공손하게 행동한단 말인가.

그때 악소가 손광을 직시하며 말했다.

"봐주는 건 이번 한 번만이야."

"……!"

"비켜."

손광은 자신도 모르게 옆으로 물러섰다. 방개도 덩달이 옆으로 물러섰다.

악소와 백무영이 그들을 지나쳐 군영 서쪽으로 멀어져 갔다.

그 뒷모습을 지켜보던 손광이 신우를 돌아보며 물었다.

"저 사람들 직급이 어떻게 되오?"

"직급이 문제가 아니오. 방금 손 전주한테 경고하신 분이 어떤 분인지 아시오?"

"모르니까 묻지 않소."

"저분이 그 무섭다는 야차왕이시오."

"야차왕……!"

두 눈을 부릅뜨는 손광이었다. 이번에도 방개 또한 덩달아 두 눈을 부릅떴다.

신우의 말이 이어졌다.

"그 옆에 계신 분은 두 사람의 정신 건강을 위해 굳이 말하지 않겠소. 하니 어서 들어가 보시오. 혈왕께서 기다리고 계시니까."

신우가 돌아섰다.

궁금증을 참지 못한 방개가 기어코 물었다.

"누군지 말해 주시오. 알아야 다음부터 실수를 하지 않을 게 아니오."

"별호가 몇 개 있으신데…… 내가 가장 좋아하는 별호는 암흑마신이오. 이제 됐소?"

"……."

방개는 등골에서 식은땀이 흐르는 것을 느꼈다. 손광도 마찬가지였다.

야차왕과 암흑마신이 북부무림에 있다는 것은 이미 어느 정도 소문이 나 있었다. 하지만 얼굴을 본 적이 없으니 누구라도 까딱 잘못하면 실수를 범할 수도 있었다. 손광처럼.

손광은 축축하게 젖어 가는 손바닥을 내려다보며 새삼 치를 떨었다.

'여기 오는 게 아니었어······.'

적인회가 가라고 해서 온 게 아니었다. 모처럼 전공을 세울 기회가 찾아왔다며 인맥까지 동원해서 자청했던 손광이었다.

'빌어먹을······.'

* * *

사천당가.

대공자 당곽의 입에서 거친 숨을 흘러나왔다.

"후우······."

그가 서 있는 곳은 북부무림이 머물렀던 군영의 한복판이었다. 서장무림과의 전투에서 참패를 당한 연합군은 그곳에 부상자들을 머물게 하고 치료에 사력을 다하고 있었다.

군의들을 돕기 위해 의술에도 일가견이 있었던 사천당가의 모두가 투입이 되었는데, 워낙에 부상자가 많은 까닭에 손이 모자랐고, 그 바람에 때를 놓친 부상자들이 숨을 거두는 사태가 속출하고 있었다.

"크아악!"

"차라리 죽여 줘!"

중상을 입은 부상자들이 지르는 비명이 난무하는 가운데 군의들과 사천당가의 무사들은 이곳저곳을 다니며 치료에 여념이 없었다.

'지옥이 있다면 이런 광경이겠구나.'

당곽은 고개를 절레절레 흔들었다.

사실 참패를 당했다는 소식을 들었을 때의 충격은 이루 말로 다 표현할 수 없을 정도였다.

그에게는 하늘과도 같았던 팔대가문이었기에 패배의 충격은 더할 수밖에 없었다.

"대공자, 식사라도 좀 하십시오. 이러다가 대공자께서 먼저 쓰러지시겠습니다."

"생사를 헤매는 저들 앞에서 그게 무슨 소리야. 됐으니 물이나 좀 다오."

"여기……."

벌컥벌컥!

당곽은 무사가 건넨 물주머니를 거의 다 비웠다.

그때 당가주 당호가 다가왔다. 의술이 가장 뛰어나 주로 부상 정도가 큰 사람들을 돌봤던 까닭에 그의 전신은 피로 흥건히 젖어 있었다.

"아버님."

"식사는 하였느냐?"

"소자는 괜찮습니다."

"아니다. 돌보는 사람이 지치면 부상자들에게 오히려 독이 될 수도 있으니 가서 식사부터 하자꾸나."

"예."

당곽은 당호와 함께 본채로 향했다.

당곽이 식사마저 미루는 까닭에 덩달아 굶어야 했던 무사들은 서로를 쳐다보며 안도의 숨을 내쉬었다.

잠시 후 당곽과 당호는 식탁을 가운데 두고 마주 앉았다. 당곽이 자리에 앉기가 무섭게 물었다.

"전가의 가주님 상태는 좀 어떠하십니까?"

"다행히 뼈는 다치지 않았지만 베인 부위가 좋지 않아 한동안 고생을 좀 하실 것 같구나."

"이럴 때 적이 밀고 올라오면 큰일이지 않습니까?"

"적도 적 가주께서 다치는 것을 봤을 텐데 아직까지 움직임이 없는 것을 보면 그쪽 역시 피해가 크다는 것이겠지."

"그래도 승기를 잡았다고 생각하고 곧 치고 올라오지 않을까요?"

"그 전에 지원 병력이 도착해 주기를 바랄 수밖에. 자, 먹자꾸나."

"예."

당호는 술도 한 잔 곁들였다. 원래 유명한 애주가인데 그였으나, 치료 때문에 반주로 몇 잔을 곁들이는 정도에 그쳤다.

당호가 다른 말을 꺼냈다.

"이번에 검가의 활약이 대단했다고 들었습니다."

"아비도 그렇게 들었다. 특히 대공자가 적의 주요 고수를 두 명이나 죽였다고 하더구나. 호부 밑에 견자가 났다며 좋지 않은 소문이 무성하더니 결코 그게 아니었어."

"다치지는 않았습니까?"

"경미한 자상이라 걱정하지 않아도 된다."

전사자가 절반이 넘는 것만큼이나 치명적인 일은 주요 고수들이 부상을 입었다는 점이었다.

특히 총사를 맡고 있는 전가의 가주 적인회는 적에게 포위를 당했다가 어깨에서부터 팔꿈치까지 깊은 자상을 입고 모처에서 별도로 치료를 받는 중이었다.

그때 그의 탈출을 도운 이가 북궁천이었다.

남부무림을 이끌어야 할 북궁천이 전가의 전투 지역까지 들어갔다는 것은 그만큼 치열한 난전이었음을 알 수 있는 대목이었다.

탁.

당호가 젓가락을 내려놓으며 술잔을 비웠다.

"곽아."

"예, 아버님."

"적이 올라오면 이곳이 전장이 될 것이다. 하니 지금부터라도 마음을 독하게 먹고 의지를 다져 두어야 한다. 알겠느냐?"

"예, 아버님."

그때였다.

무사 한 명이 차와 후식을 갖고 들어왔다.

"대막무림과의 전투에서 아군이 대승을 거뒀다고 합니다. 철혈가주께서 적의 수장을 죽이면서 쉽게 승리를 거뒀다고 하는데, 대막의 대원수가 무척 아끼는 자였다고 합니다."

"오!"

"비록 전초전이라도 대승을 거뒀다고 하니 조금은 위안이 되는 것 같습니다, 아버님."

"그래. 다른 사람들도 우리와 같은 마음일 게다. 그나저나 철혈가주께서 큰 공을 세우셨구나."

"그런데 가주님."

"또 좋은 소식이 있느냐?"

"그게…… 전투가 끝나고 대지존께서 철혈가주를 대리자로 임명했다고 합니다. 거의 대지존에 준하는 권한까지 주면서 말입니다."

"확실한 정보인가?"

"전가와 월가 쪽 사람들이 수군대는 것을 제 귀로 똑똑히 들었습니다. 전가와 월가가 북쪽에도 병력을 보냈는데, 아무래도 전서를 통해 가장 먼저 소식을 전해 온 것 같습니다."

"흠. 대지존께서 철혈가주의 능력을 높이 사신 게로구나. 하긴 서북무림, 황하수련과의 연이은 전쟁에서 거의 압도하다시피 한 북부무림이니 충분히 그럴 수 있지."

"이런 말을 하기가 좀 그렇지만…… 철혈가주께서 이곳에 남아 계셨더라면 결과는 달라졌을지도 모를 텐데……."

당곽의 그 말에 당호의 안색이 싹 변했다.

"어허. 누구 들으면 큰일 날 소리를."

"걱정 마십시오. 다른 사람들 앞에서 감히 어떻게 이런 말을 하겠습니까."

그때 무사가 조심스럽게 말하고 나섰다.

"사실 대공자님과 같은 생각을 갖고 있는 무사들이 꽤 많습니다. 부상자들 중에서도 전가의 가주를 원망하는 목소리가 많다고 들었습니다."

"네놈까지 왜 이러는 게야."

"그냥……."

당호가 엄중한 어조로 말을 이었다.

"저들은 우리와는 완전히 다른 세상에서 사는 존재들. 혹시라도 심기를 불편하게 할 요소가 있다면 사전에 없애 버려야 한다. 입조심은 말할 것도 없고. 알겠느냐?"

"예, 가주."

"예, 아버님."

* * *

남부무림 군영.

대공자에서 검가의 가주로 올라선 북궁천은 자신의 막사에서 측근들과 간단하게 식사를 했다.

원래는 무사들과 어울려 식사를 해 왔던 북궁천이지만 상황이 상황이니만큼 막사에서 식사와 회의를 병행하며 시간을 아꼈다.

모든 가문이 침통에서 벗어나지 못하고 있었지만 남부무림만큼은 달랐다. 전투에서 가장 적은 피해를 입은 것도 있지만, 무엇보다 북궁천의 활약이 뛰어났기에 측근들을 비롯한 모두가 뿌듯해하고 있었다.

사실 누구보다 북궁천을 우려의 시선으로 바라봤던 것은 다름 아닌 남부무림의 사람들이었다. 검신의 그림자가 그만큼 컸던 까닭이다.

또한 남부무림의 실세라 할 수 있는 삼장로가 여전히 그를 인정하지 않고 있다는 점도 불안의 한 요소로 작용하고 있었다.

이에 누구보다 기뻐하는 이는 군사 백도량이었다.

그는 지척에서 북궁천의 활약을 지켜봤었다. 그때의 충

격과 놀람은 지금도 그의 가슴을 울리고 있었다.

한편으로는 안타까웠다.

'선주 생전에 이런 모습을 보여 주셨더라면 얼마나 좋았을까.'

최후의 순간에 이르러서야 아들을 인정했던 검신 북궁소. 그걸 곁에서 처음부터 끝까지 지켜봐야 했던 백도량이었다.

'보십시오. 당신의 아드님이 얼마나 대단한 분인지. 어쩌면 당신을 넘어설지도 모르겠습니다, 주군.'

백도량의 눈시울이 살짝 붉어졌다.

그때 막사 안으로 무사 한 명이 들어섰다.

"가주, 본 가에서 답신이 왔습니다."

모두가 젓가락을 내려놓고 무사를 응시했다. 백도량이 무사가 건넨 전서를 북궁천에게 내밀었다.

북궁천은 물을 한 모금 마신 후에 전서를 펼쳤다.

내용은 지극히 짤막했다. 하지만 북궁천의 눈빛을 흔들 만한 내용이 담겨 있었다.

백도량이 물었다.

"뭐라고 적혀 있습니까?"

"이장로께서 직접 지원군 이만과 함께 떠났다고 하는군요."

"오!"

"하하!"

모두가 경탄성을 터트렸다.

북궁천은 전서를 백도량에게 건넸다. 백도량은 상기된 표정으로 전서를 읽었다.

전서에는 틀림없이 이장로가 이만의 병력과 함께 사천성을 향해 떠났음이 적혀 있었다.

"다행입니다. 정말 다행입니다."

백도량은 웃었다.

하지만 북궁천은 그리 밝지가 못했다.

"과연 좋아해야 할까요?"

"가주, 정치적인 문제는 생각하지 마십시오. 당장은 저들이 지원을 하기 위해 나섰다는 것에 의미를 두셔야 합니다. 선주의 요청도 거절했던 그들이 아닙니까."

"그렇습니다. 이장로가 직접 이만의 병력과 함께 참전한다면 본 가는 물론이고, 가주를 바라보는 사람들의 시선이 이전과는 확연히 달라질 것입니다!"

"속하도 같은 생각입니다!"

모두가 긍정적인 반응을 보이자 북궁천은 마지못해 웃었다.

'그래, 어쩌면 그들이 보는 앞에서 내 능력을 보여 주는 것이 나을지도……'

그때 전서를 갖고 왔던 무사가 다른 말을 꺼냈다.

"조금 전에 전가와 월가 쪽 사람들을 만났는데, 삭주 전투에서 아군이 대승을 거뒀다고 합니다. 철혈가주께서 큰 공을 세우셨는데, 대지존께서 그분을 대리자로 임명하시고 전권을 주셨다는 말도 들었습니다."

"오호!"

"역시!"

또다시 좌중이 경탄성을 발했다.

백도량이 웃었다.

"역시 대단한 분이십니다. 대지존의 대리자라니요. 백야벌의 역사에서 지금껏 누구도 가지지 못한 것이거늘……."

그때 북궁천이 일어섰다.

"바람 좀 쐬고 오겠습니다."

"제가 모시겠습니다."

"아닙니다. 혼자 생각할 것이 좀 있어서……."

북궁천은 호위장만 대동한 채 막사를 나섰다. 밖으로 나서기가 무섭게 바람을 타고 진한 혈향이 전해졌다. 멀지 않은 곳에 부상자들이 있었던 까닭이다.

북궁천은 부상자들의 고통에 찬 신음을 뒤로하고 군영의 북쪽으로 향했다.

가면서 북녘을 바라보니 오늘따라 별이 유난히 많이 떠 있었다.

'대지존의 대리자…….'

연후의 얼굴이 떠올랐다.

'과연 나도 그렇게 될 수 있을까?'

연후는 언제부턴가 닮고 싶은 사람이었다. 주변을 압도하는 패도적인 기운을 볼 때면 나도 저렇게 되고 싶다는 바람에 사로잡히곤 했었다.

"뭘 그렇게 생각하십니까?"

호위장 맹호가 물었다.

"그냥 이것저것……."

"혹시 철혈가주가 대지존의 대리인이 되었다고 해서 부러우신 건 아니겠지요?"

퍽!

북궁천은 맹호의 엉덩이를 냅다 걷어차고는 천천히 걸었다.

그때였다.

한 줄기 빛이 어둠 저편에서 일어나 북궁천을 향해 날아들었다. 북궁천이 검을 뽑으며 몸을 회전할 때, 맹호가 기합성을 내지르며 빛이 일어난 곳으로 달려들었다.

"으합!"

동시에 북궁천이 소리쳤다.

"위험하다! 물러서!"

꽝!

"큭!"

맹호가 실이 끊어진 연처럼 뒤로 날아갔다.

북궁천의 검이 허공을 갈랐고, 강기를 뿌리며 떨어지던 그의 검을 쳐 내는 손이 있었다.

꽝!

파츠츠츠!

강력한 충격에 북궁천은 뒤로 밀렸다. 그가 지나간 곳에 두 개의 고랑이 패였고, 발목까지 땅속에 묻혀 버렸다.

"크크크."

음산한 괴성과 함께 모습을 드러내는 어마어마한 크기의 그림자.

어둠 속에서 일렁이는 두 개의 혈안과 어렴풋이 드러난 쇠갈고리 같은 손을 보며 북궁천은 두 눈을 부릅떴다.

'……괴인!'

그때 뒤에서 바람이 일었다.

북궁천은 벼락처럼 돌아서며 소리쳤다.

"멈춰라, 맹호!"

"개자식이 감히 누굴 노려!"

소용이 없었다. 맹호는 북궁천의 머리를 넘어 곧장 괴인을 향해 달려들었다.

꽝!

북궁천도 땅을 박차고 뛰어올라서는 전력을 다해 달려들었다.

퍽!

그때였다.

북궁천의 눈동자에 맹호의 등 뒤로 튀어나오는 괴인의 손이 선명하게 맺혔다.

"안 돼!"

슈아악!

쾅!

북궁천의 검이 괴인의 어깨에 떨어졌다.

굉음과 함께 괴인이 뒤로 튕겼고, 맹호는 그대로 쓰러졌다.

"가주!"

뒤에서 검가의 고수들이 달려왔다.

북궁천을 향해 다가서던 괴인이 고개를 한 차례 갸웃하더니 이내 어둠 속으로 사라졌다.

"맹호!"

북궁천은 쓰러진 맹호를 부둥켜안았다.

"……괜찮습니까?"

맹호는 그 한마디를 마지막으로 숨이 끊어졌다.

* * *

'드디어……성공했다!'

어둠 속에서 안광을 번뜩이는 그림자가 있었다. 황하수련의 련주 가회였다.

비통에 잠긴 북궁천을 응시하는 그의 두 눈은 희열로 가득했고, 전신마저 바르르 떨어 댔다.

그런 그의 뒤에 괴인이 유령처럼 조용히 서 있었다.

가회의 뺨을 타고 눈물이 흘러내렸다.

"이제부터 시작이다."

격동으로 인해 심하게 떨리는 목소리. 하지만 두 눈은 지독한 살기를 머금어 갔다.

"그 전에 네놈부터 갈기갈기 찢어 주마."

그의 머릿속에 연후의 얼굴이 떠올라 있었다.

가회는 괴인을 돌아봤다. 그러고는 이상한 주문 같은 것을 중얼거리자 괴인의 두 눈이 다시 혈광에 휩싸여 갔다.

"다시 부를 때까지 숲에서 나오지 말거라."

가회의 그 말에 괴인은 순순히 숲으로 향했다. 그 모습을 지켜보는 가회의 두 눈이 다시 격동으로 인해 세차게 흔들렸다.

"이 세상을 내 앞에 무릎 꿇리고 말리라."

2장
황태, 철혈가를 떠나다

황태, 철혈가를 떠나다

"우린 빠지겠소."

가회의 한마디에 적인회의 눈에서 불꽃이 일었다.

"지금 제정신으로 하는 소리요?"

"내 정신은 지극히 멀쩡하오. 이유를 묻는다면 본 황하수련의 지배 지역은 이곳보다 북쪽에 더 가깝소. 하면 북부무림처럼 우리도 마땅히 대막에 맞서 싸워야지 않겠소."

"그러니까 북부가 갔으니 당신들도 가겠다…… 이 말을 하려는 거요?"

"그렇소."

"허락하지 않겠다면?"

"지금 이 몸은 가주에게 허락을 구하는 게 아니라 통보

하는 것이오."

"뭐라?"

화아악!

적인회의 몸에서 열기가 확 피어올랐다. 그러자 측근이 재빨리 나섰다.

"상처가 덧날 수도 있으니 고정하셔야 합니다, 주군."

가회는 적인회의 팔을 응시하며 담담히 말을 이었다.

"곧 있으면 각 가문에서 지원 병력이 도착할 테니 본련이 빠진다고 해도 타격은 없을 것이오. 하면 무운을 빌겠소."

가회는 자리에서 일어나 막사를 나섰다.

"멈추지 못할까, 가회!"

적인회의 대노한 목소리도 그의 걸음을 붙잡지는 못했다.

그때 몇 명이 가회의 앞을 막아섰다. 전가의 고수들이었다.

가회의 눈에서 새파란 광망이 일었다.

"감히 내 앞을 막겠다는 것이냐?"

"……!"

전가의 고수들이 뒤로 물러서자 가회는 군영이 있는 곳으로 떠났다.

군영으로 향하는 길목에 남부무림의 군영이 있었다. 가

회는 그곳을 돌아봤다. 마침 어둠 속에 우두커니 서 있는 북궁천의 모습이 눈에 들어왔다.

'네놈의 호위장을 죽인 것은 경고에 불과하다. 머지않아 이연후 그놈과 손을 잡은 대가를 톡톡히 치르게 될 것이다, 북궁천.'

이날 밤, 가회와 황하수련은 사천성을 떠났다.

모두가 욕설까지 퍼부으며 거세게 비난했지만 가회는 오히려 웃으며 떠났다.

* * *

연후는 어둠 너머로 펼쳐져 있는 대평원을 바라보며 눈빛을 가라앉혔다.

태무령이 이끌던 적의 선봉 부대를 격파하면서 전선을 대평원 바로 앞까지 올릴 수 있었던 그는, 모든 전선에 걸쳐 방어망을 구축하고 대막의 대군이 내려오기를 기다렸다.

철우가 뒤에서 다가왔다.

"주군, 천추검단이 도착했다고 합니다."

"예상보다 빨리 와 줬군. 다른 곳은?"

"그 외에는 아직 도착한 곳이 없습니다. 그리고 사천

성에서 전서를 보내왔는데, 황하수련의 가회가 사천성을 떠나 이곳으로 향하는 중이라고 합니다."

그 말에 연후는 대평원에 던져 놓았던 시선을 돌려 철우를 응시했다.

"전서에 분명히 그렇게 적혀 있었나?"

"예. 제가 확인했습니다."

이해할 수가 없었다. 가뜩이나 참패를 당한 현시점에서 가회가 왜 이곳으로 온단 말인가.

철우가 말을 이었다.

"위치적으로 보면 우리처럼 황하수련도 북쪽을 방어함이 맞긴 한데…… 놈들에게는 원수나 다름없는 우리가 이곳에 있음을 알면서도 온다는 것이 수상합니다."

"그럴 거면 우리가 올라올 때 같이 왔어야 했다."

확실히 수상한 구석이 있었다.

하지만 연후는 오히려 반가웠다.

"사천성에서와는 달리 이곳에서는 내가 원하는 대로 작전을 짤 수 있다. 하면 이번 기회에 가회, 놈을 사로잡아 괴인의 비밀을 알아내면 되겠군."

"아…… 그것까지는 미처 생각하지 못했습니다."

연후는 다시 시선을 대평원으로 돌렸다.

별빛이 내려앉은 대평원은 아름답기보다 오히려 음산함을 풍겼다.

'지금쯤이면 적을 발견했어야 하는데…….'

수천의 병력을 대평원에 보내 놓았다. 적의 본대를 발견하면 그 즉시 신호탄을 쏘기로 되어 있었다. 하지만 아직까지 신호탄은 터지지 않았다.

그것만이 아니었다. 독수리도 두 마리나 정찰을 위해 대평원으로 보내 놓은 상황이었다.

"괜히 대평원이 아니군. 독수리 두 마리가 아직까지 발견을 하지 못할 정도면……."

그때였다.

펑!

밤하늘에 폭죽이 터졌다. 아군이 사용하는 신호탄이었다.

"드디어 발견을 한 모양입니다."

연후는 곧장 뒤를 돌아보며 명령을 내렸다.

"적의 출현을 알려라."

"예!"

뿌우웅!

나팔 소리가 밤의 정적을 깨트리며 산악 지대를 울렸다. 뒤이어 거대한 횃불이 불을 밝혔다. 그러자 서쪽과 동쪽에서 순차적으로 횃불이 일어났다.

소무백과 철군악이 연후의 곁으로 올라섰다. 소무백이 조금은 긴장한 표정으로 대평원을 바라봤다.

"적이 드디어 내려오나 봅니다."

"교전이 시작되면 이곳이 가장 치열한 전장이 될 가능성이 높습니다. 하니 안전한 곳으로 물러나 계십시오."

"아닙니다. 저도 가주를 도와 함께 싸우겠습니다."

소무백의 얼굴에 어린 강렬한 의지를 읽은 연후는 더는 안 된다 하지 못했다.

연후는 철군악을 응시했다.

"대규모 전투에 참전한 경험이 있소?"

"과거 야만족 토벌 때 몇 차례 겪어 봤습니다."

"그때와는 차원이 다른 규모가 될 거요. 하니 대지존의 호위에 만전을 기하도록 하시오."

"알겠습니다."

살수 사건 이후로 남은 호위는 허도가 전부였다. 해서 연후는 악소 외에도 백운과 악마전으로 하여금 소무백을 호위하도록 했다.

그때였다.

육손이 연후의 곁으로 올라섰다. 그런데 그의 표정이 잔뜩 굳어 있었다.

"주군, 적이 두 방향으로 갈라졌습니다."

"……."

"한쪽은 아무래도 북부군단이 있는 곳으로 향하는 것 같은데, 대략 십만 정도가 될 것 같습니다."

이건 예상치 못한 연후였다.

그는 대막무림이 한곳에 전력을 집중하는 전략을 택할 것으로 예상했었다. 그래서 이곳에 방어망을 구축한 것이었다.

'십만이면 수적으로 북부군단이 열세다.'

"육손."

"예, 주군."

"본 가에 전서를 보내서 출전 가능한 모든 병력을 당장 북부군단으로 보내라고 전해라."

"알겠습니다."

육손이 내려가자 철군악이 걱정스러운 얼굴로 물었다.

"괜찮겠습니까?"

"북부군단은 우리 북부에서 가장 전투 경험이 풍부한 무사들로 꾸려져 있소. 게다가 멀지 않은 곳에 본 북부의 기병 부대가 있으니 걱정하지 마시오."

말은 담담하게 했지만 허를 찔린 것 같아 기분이 찝찝했다.

'병력을 둘로 갈랐다면 적랑단까지 이곳에 있을 이유는 없다.'

연후는 철우를 돌아보며 말했다.

"가서 관 단주를 불러 오도록."

"알겠습니다."

바람처럼 날아간 철우가 얼마 지나지 않아 관백과 함께 돌아왔다.

"부르셨습니까?"

"적랑단이 해 줘야 할 일이 생겼소."

"무엇이든 명령만 내려 주십시오."

"당장 적랑단을 이끌고 대평원을 우회하여 대막의 본거지로 진군하시오. 교전은 단주의 판단에 맡기겠소."

"알겠습니다. 하면 다녀오겠습니다, 주군."

관백이 어둠 속으로 몸을 날려 사라졌다. 그리고 잠시 후, 삼만의 적랑단이 대지를 흔들며 북쪽으로 출격했다. 선두에서 질주하던 관백이 연후가 있는 곳을 올려다보며 검을 치켜들었다.

연후도 검을 들어 보였다.

철군악은 그러한 연후를 보며 내심 감탄했다.

'그 짧은 시간에 적의 배후를 공격할 계책을 떠올리고 결정하고 실행에 옮기다니.'

삼만의 적랑단으로 적의 본거지를 공격하는 것은 누가 들어도 무리라 생각할 것이다.

철군악도 그랬고 소무백도 같은 생각이었다.

하지만 연후라서 왠지 통할 것 같다는 기분이 드는 것도 사실이었다.

적랑단이 어둠 속으로 사라지는 것을 지켜본 연후는 소

무백을 돌아보며 물었다.
"차 한잔하시겠습니까?"
"……차를요?"
"적이 모습을 드러내려면 아직 한참이나 남았으니 별빛을 맞으며 차 한잔 나누는 호사를 누려 보는 것도 좋을 것 같습니다만."
"알겠습니다."

* * *

철혈가.
삭주에서 날아든 전서 한 장으로 인해 장로원주 사마송과 군사 현진이 바빠졌다.
사천성에서 북부로 향할 때, 혹시 모를 상황에 대비하는 차원에서 현진은 연후와 함께하지 않고 철혈가로 돌아와 있는 상태였다.
그는 출전하지 않은 혈왕군에게 북부군단으로의 출병을 명했고, 항병을 이끄는 총사 배염에게도 삼만의 병력을 이끌고 북부군단으로 즉각 출병할 것을 전했다.
가장 먼저 북부군단으로 떠난 것은 뇌검이 이끄는 특수부대였다.
대규모 전면전이 벌어지면 적의 주요 고수들을 척살하

는 임무를 맡고 있는 그들은 송영이 특수 제작을 한 암기와 무기로 중무장을 한 채로 철혈가를 나섰다.

어둠을 가르는 뇌검의 눈동자가 불꽃처럼 번뜩였다. 드디어 피를 토할 만큼 혹독했던 수련의 성과를 확인할 기회가 주어진 것이다.

한편 이번에도 철혈가에 남아야 했던 송영은 대전각의 지붕에서 북쪽으로 떠나는 뇌검과 그의 수하들을 바라보며 한숨을 내쉬었다.

"하아…… 이럴 땐 내 재주가 오히려 원망스럽구나."

철혈가는 물론이고 북부의 살림살이를 돌봐야 하는 중책을 맡고 있었기에 전쟁이 벌어져도 철혈가에 남아 있어야 했다. 물론 연후의 명령이었다.

그때 서위량이 올라왔다.

그 역시도 표정이 어둡기는 마찬가지였다. 전시에 그가 맡게 될 임무는 현진을 호위하는 것이었다.

"아쉽냐?"

"당연히 아쉽지."

"나도 아쉽다. 그래서 한잔하려고 가져왔다."

서위량이 술 두 병을 꺼냈다.

송영은 빼앗듯이 낚아채서는 단숨에 반병을 비워 버렸다.

벌컥벌컥!

"지원 병력이 갈 때까지 잘 버텨 주겠지?"

"북부군단 말이냐?"

"그래."

"걱정 마라. 북부군단이 북부에서 가장 전투 경험이 풍부하지 않냐. 몇 배에 달하는 서북무림의 공세를 근 십 년에 걸쳐 막아 냈는데 그깟 대막쯤이야 뭐."

"그렇긴 하다만……."

"나는 오히려 주군이 계신 곳이 걱정이다. 대막도 대막이지만 우리 북부에 앙심을 품은 다른 가문에서 절대 가만있지 않을 텐데 말이다."

"흠. 당연히 어떤 식으로든 움직이려고 하겠지. 하지만 형님들이 죄다 그곳에 가 계신데 별일이야 생기겠냐?"

벌컥벌컥!

송영은 남은 술을 마저 비우고는 자리를 박차고 일어섰다.

"어디 가냐?"

"그 양반한테."

"오늘 같은 날은 좀 쉬어도 되지 않나?"

"하루도 게을리하지 말고 살피라는 주군의 엄명이시다, 이놈아."

* * *

송영은 황태가 있는 곳으로 향했다.

'요즘 들어 눈빛이 점점 변하는 것 같던데…… 설마 기억을 되찾았는데 아닌 척하는 건 아니겠지?'

착각이었을까?

가끔 황태의 눈빛이 평소와 확연히 다르다는 느낌을 받곤 했었다. 물론 그때마다 찰나의 순간에 불과했기 때문에 대수롭지 않게 여기고 있는 송영이었다.

'설사 그렇다 해도 군사께서 직접 설치한 진이 깔려 있으니…….'

송영은 휘적휘적 황태의 거처로 향했다. 제법 이른 시간인데도 황태의 거처는 불이 꺼져 있었다.

'벌써 자나?'

송영은 고개를 갸웃하며 문을 열고 들어섰다. 그러고는 정해진 생로를 통해 마당을 가로질렀다.

이젠 눈을 감고도 걸을 수 있을 만큼 완벽하게 숙지를 한 상태임에도 한 번 삐끗하면 큰일이 날 수도 있기 때문에 조심할 수밖에 없었다.

"언제까지 이 짓을 해야 하는지……."

진을 통과한 송영은 곧장 황태의 방문을 열었다.

"어?"

그런데 황태가 없었다.

"뒷간에 갔나?"

송영은 방을 나와 뒷간이 있는 뒷마당으로 향했다.

"똥 싸고 있소?"

대답이 없다.

송영은 뒷간의 문을 열어젖혔다.

하지만 그곳에도 황태는 없었다. 순간 송영은 등골이 오싹해지는 기분이었다.

그때였다.

"그동안 고생했다, 애송이."

돌연 앞마당 쪽에서 들려오는 익숙한 목소리.

송영은 두 눈을 부릅뜨며 지붕 위로 뛰어올랐다. 정문으로 향하는 길목에 거목이 한 그루 있었는데, 그곳에 황태가 있었다.

'어떻게 저곳까지…….'

"인연이 되면 나중에 또 보자고. 후후후."

"거기 서!"

송영은 몸을 날리려다가 흠칫했다.

허공에도 전각 주변의 나무를 이용한 진이 깔려 있어서 함부로 움직일 수 없었다.

송영은 황급히 마당으로 뛰어내려 생로를 통해 밖으로 나섰다.

하지만 이미 황태는 사라지고 없었다.

"빌어먹을!"

* * *

 황태는 어둠 속에서 철혈가를 바라봤다.
 '처음부터 나는 기억을 잃지 않았다.'
 그랬다. 그는 처음부터 기억이 살아 있었다. 다만 부상 때문에 기억을 잃은 척했을 뿐이었다.
 의도는 통했고 안전한 곳에서 몸을 회복하며 빠져나갈 기회만 노렸다.
 하지만 예상보다 오랜 시간이 걸렸다.
 바로 거처 주변에 깔려 있는 가공할 진법 때문이었다. 그것만 아니었다면 이미 진즉에 떠났을 것이다.
 황태는 어둠 속에 우두커니 서 있는 송영을 응시했다.
 '저 애송이 덕분이긴 한데…….'
 진을 빠져나올 수 있었던 것은 송영이 자신의 거처를 드나들 때, 그가 지나오는 동선과 방향, 지점을 기억해 둔 덕분이었다.
 한 번 어긋나면 큰일이 날 수도 있었기에 완벽하게 숙지했다는 확신이 들 때까지 참고 또 참았다.
 그리고 오늘, 마지막으로 한 번 더 송영의 움직임을 확인한 후에 탈출을 결심한 것이다.
 그때였다.

"으아!"

쾅쾅쾅!

송영이 괴성을 지르며 나무를 마구 후려치기 시작했다. 그 큰 거목이 이리저리 크게 흔들리더니 쩍 하는 소리와 함께 비스듬히 쓰러졌다.

'주먹질은 애송이가 아니었군.'

난데없는 소란에 곳곳에서 철혈가의 무사들이 뛰쳐나왔다.

황태는 그들을 잠시 바라봤다.

'나를 향해 베풀어 준 친절을 생각해 너희 철혈가를 적으로 삼지는 않겠다. 하지만 너희 주군은…….'

동생을 죽인 연후는 여전히 불구대천의 원수일까? 아니면 자신을 끌어내기 위해 동생을 사지로 밀어 넣은 적혼이 진정한 원수일까?

이전이었다면 고민할 것도 없는 문제였다.

하지만 철혈가에 머물면서 자신을 대하던 연후의 태도에 황태는 흔들리고 있었다.

꽈악.

'흔들리지 말자.'

황태는 입술을 지그시 깨물었다. 그러고는 서쪽을 향해 돌아섰다.

'삭주로 간다.'

* * *

두두두!

먼지를 일으키며 달려오는 대막의 기병들.

그들을 바라보는 태무광의 눈빛이 매섭다 못해 살기마저 흘렀다.

'초입조차 넘어서지 못하다니……'

새벽녘에 첫 공격을 개시했다.

도합 육만의 병력이 나섰지만 적의 방어선을 뚫는 데 실패했다. 지금 돌아오는 기병은 두 번째 공격에 나섰던 병력이었다.

새벽의 전투에서 적의 방어선을 어느 정도 흔들어 놓은 덕분에 일차방어선을 돌파하는 성과를 냈지만, 적의 본대가 버티고 있는 산악 지대의 초입에서 수많은 사상자를 내고 퇴각하는 중이었다.

"적이 방어에 집중하며 지원 병력이 오기를 기다리는 것 같습니다."

태무광의 눈썹이 칼날처럼 휘어졌다.

"일단 전열을 재정비한다."

"알겠습니다!"

태무광은 거대한 장벽과도 같은 산맥을 바라봤다.

그 옛날 자신의 선조들은 저 산맥을 넘어 중원을 평정하고 대제국을 건설한 적이 있었다.

태무광은 그때의 영광을 꿈꾸고 있었다. 그것이 그의 대업이자 대의였다.

"이리 오너라."

태무광의 한마디에 한 중년인이 다가왔다.

얼굴은 태무광을 닮았지만 전체적인 분위기는 훨씬 더 패도적인 인물이었다.

"어찌하면 좋겠느냐?"

"밤이 되기를 기다렸다가 병력을 네 방향으로 나눠서 공격하는 것이 좋겠습니다. 소수라도 산맥을 넘어가기만 한다면 적의 후방을 충분히 교란시킬 수 있을 것입니다."

태무광은 묵묵히 고개를 끄덕였다.

하지만 답은 하지 않았다.

중년인은 태무광이 아무런 답을 하지 않자 입을 굳게 다문 채 그를 응시했다.

잠시 후 태무광이 중년인을 돌아봤다.

"아우의 죽음에도 냉철함을 잃지 않다니…… 이제는 대군을 이끌어도 될 만큼 성장했구나."

"과찬이십니다."

"하면 네가 병력을 이끌고 세 번째 공격에 나서도록 하거라. 명심해야 할 것은 세 번째 공격에서는 기병을 쓰지 않아야 할 것이다."

"예, 대지존!"

중년인이 제자리로 돌아가자 태무광은 다시 산맥을 바라봤다.

"도대체 무엇 때문에 망설인단 말인가. 뒤에서 움직여 주면 손쉽게 무너뜨릴 수 있는 것을……. 설마 아직도 마공 완성에 목을 매고 있는 건가?"

알 수 없는 말을 뇌까리는 태무광의 두 눈이 짜증으로 인해 가늘어졌다.

* * *

석양이 드리우는 대평원.

두 번의 공격을 막아 낸 중원연합군은 언제 들이칠지 모를 적의 공격에 대비하면서 저녁을 준비했다.

연후는 대평원이 한눈에 내려다보이는 곳에서 철우와 식사를 했다.

백무영등은 정해진 위치가 있어서 함께하지 못했다.

"적의 공격을 예상보다 더 잘 막아 낸 덕분에 군의 사기가 매우 높습니다."

"이제부터가 시작이라고 봐야지. 두 번의 공격으로 우리의 방어력을 확인했을 테니, 오늘 밤이나 새벽녘쯤에 완전히 다른 전략을 들고 나올 가능성이 높다고 봐야 한다."

"어떤 식으로 나올 거라 보십니까?"

"내가 대막의 대원수라면 병력을 나눠서 우리의 방어망을 분산시킨 다음 어느 한 곳에 집중하여 산맥을 넘어갈 거다."

"일부라도 산맥을 넘어가면 아군의 후방 교란이 가능해지겠군요."

"그래."

"하면 어떻게 하실 겁니까?"

"최대한 적의 전략에 맞춰 발 빠르게 움직여 줄 수밖에. 이 병력으로 산맥 전체를 방어할 순 없으니 최악의 경우 일부의 적이 산맥을 넘어가는 것쯤은 각오해야 한다. 물론 그 전에……."

연후는 말끝을 흐리며 좌측을 돌아봤다.

동방리와 서령이 걸어오고 있었다.

"운이 좋게 산돼지 한 마리를 잡았어요. 식기 전에 어서 드세요."

동방리가 잘게 썬 고기가 듬뿍 담긴 접시를 내려놓았다.

"같이 먹읍시다."

"……그럴까요?"

"그러자고 온 거 아닌가요?"

"……."

 서령의 한마디에 동방리는 살짝 얼굴을 붉혔다.

"앉으시오."

 동방리와 서령이 연후의 맞은편에 앉았다. 철우가 일어섰다.

"가서 물 좀 가져오겠습니다."

 철우는 물을 가지로 가면서 서령을 힐끗 쳐다봤다. 서령이 그를 올려다보며 차갑게 웃었다.

"조용히 밥만 먹을 거니까 걱정 말고 가서 물이나 떠 오시죠?"

 쿡!

 동방리가 서령의 팔을 찔렀다.

 한마디 하려 했던 철우는 동방리 때문에 참아야 했다. 연후와 동방리, 서로는 전혀 아니라고 하지만 철혈가의 많은 이들은 동방리를 특별하게 여기고 있었다.

 연후도 측근들이 그녀를 특별하게 대한다는 것을 알고 있었지만 굳이 말리지는 않았다.

"해가 뜨기 전에 공격을 해 오겠죠?"

"아마 그럴 거요."

"걱정이에요. 두 번의 공방으로 아군의 방어력을 어느 정도 시험해 봤으니 다음 공격은 총력을 다할 가능성이 높을 텐데……."

연후는 이채를 발했다.

"적이 어떻게 나올 것 같소?"

"제가 대막의 대원수라면…… 공격 방향을 다방면으로 가져갈 것 같아요. 그래야 아군의 방어선도 분산될 테니까요."

"대책도 생각해 봤소?"

"아뇨. 아무리 생각을 해 봐도 현재의 병력으로는……."

말끝을 흐리는 동방리.

서령이 불쑥 나섰다.

"어울리지 않게 왜 방어만 하는 거죠? 적의 공세를 막아 낼 방법이 없으면 기습을 해서라도 선공을 가해야 하는 거 아닌가요?"

"네가 나설 자리가 아니니 고기나 먹어라."

"흥!"

그때였다.

철우가 돌아와서 말했다.

"주군, 회의에 가셔야 할 시간입니다."

시간이 제법 흐른 것을 미처 몰랐던 연후는 동방리를 돌아보며 말했다.

"먼저 일어나 봐야겠소."

"다녀오세요."

연후는 곧장 소무백이 있는 곳으로 향했다.

소무백은 전선 뒤쪽의 평평한 분지에 막사를 세워 놓고 그곳에 머물고 있었다.

"충!"

소무백의 호위를 맡고 있는 악마전이 연후를 향해 군례를 취했다.

연후는 백운을 응시하며 물었다.

"할 만하냐?"

"싸우지 못해 아주 죽을 맛입니다. 좀 바꿔 주시면 안 됩니까?"

"안 돼."

"……예."

연후는 막사 안으로 들어섰다.

다른 주요 인사들이 먼저 와서 대기하고 있었다. 연후가 들어서자 모두가 자리에서 일어나 그를 맞았다.

연후는 그중에서 시퍼렇게 벼른 칼날처럼 날카로운 분위기를 풍기는 청포인을 응시했다.

천추검단을 이끄는 전유림이라는 인물이었다. 두 번의 공방에서 천추검단은 합류하기가 무섭게 전투에 투입되어 명불허전의 위력을 보여 주었다.

가장 많은 적들이 죽어 나간 곳도 바로 천추검단이 맡았던 방어선이었다.

연후는 소무백의 바로 앞자리에 앉았다.

"두 번의 공방에서 다들 훌륭하게 잘 싸워 주었소. 하지만 이후부터는 양상이 많이 달라질 것이오. 해서 전략 수정과 관련하여 논의를 해 볼까 하오."

회의가 시작되었다.

그 과정에서 각 부대의 수장들은 가감 없이 자신의 의견을 피력했고, 연후는 모두가 의견을 마칠 때까지 묵묵히 듣기만 했다.

마지막으로 손광이 일어섰다.

비록 혈왕군에 배속은 되었지만 수뇌부 회의에 참석할 자격은 갖고 있었다.

그는 의견을 말하는 대신 연후에게 질문을 던졌다.

"끝까지 방어에 주력하실 생각입니까?"

"그렇소."

"기습을 통해 적을 흔들 필요도 있지 않겠습니까? 공격은 않고 오직 방어에 주력한다면 전투의 주도권을 적에게 내주는 꼴이 아닙니까?"

"동감입니다."

방개가 동조하고 나섰다.

모두는 연후를 주목했다. 사실 다른 이들도 비슷한 생각을 갖고 있었다. 심지어 연후를 절대적으로 믿고 있는 소무백까지도.

연후는 물을 한 모금 마셨다.

탁!

"서장무림을 막기 위해 나섰던 연합군이 참패를 당하는 바람에 더 이상의 지원은 불가능한 상황이오. 벌과 주요 가문들이 발등의 불이 떨어진 사천성으로 지원 병력을 보냈다는 것은 여러분들도 알고 있을 것이오. 이런 상황에서 모험을 했다가 방어선이 무너지면 어떻게 될 것 같소?"

"……."

연후는 말을 이었다.

"대지존께서 이곳에 와 계신데도 장로원은 고작 천추검단만 지원했소. 이게 뭘 의미하는 것 같소?"

방어에 주력하라는 장로원의 뜻이라는 것을 모르는 사람은 아무도 없었다.

"잘못되면 내가 책임을 질 것이오. 하니 이후부터 각자의 이견은 허락하지 않겠소."

"너무 독선적이지 않습니까?"

손광은 순순히 물러날 생각이 없었다.

소무백이 나섰다.

"손 전주는 말을 가려 하시오. 독선이라니!"

"……."

그는 좌중을 향해 준엄한 어조로 말을 이었다.

"철혈가주가 본인의 대리자라는 걸 한시도 잊어선 안

될 것이오! 계속하시지요, 가주."

회의는 얼마지나지 않아 끝났다.

모두가 돌아가자 연후는 소무백과 찻잔을 기울였다. 그 자리에서 철군악이 말했다.

"사실 많은 이들이 방어가 아닌 역공을 생각하고 있는 것 같습니다. 서북무림을 멸하고 황하수련까지 궁지로 몰아넣은 가주시라면 마땅히 그러하실 거라면서 말입니다."

"사자도 그렇소?"

"솔직히…… 그렇게 생각하고 있었습니다."

"저도 마찬가집니다. 하하하."

소무백이 웃으며 말했다.

연후는 차를 한 모금 마시고는 소무백을 응시하며 말을 이었다.

"우리가 방어에 실패하면 장로원주에게 칼자루를 내주는 꼴이 될 수도 있습니다. 물론 칼끝은 가장 먼저 대지존을 향하게 될 겁니다."

"그럴 테지요."

"알고 계셨다면 처음부터 이곳에 오시지 말았어야 했습니다."

연후의 냉정한 말에 소무백은 처연히 웃었다.

"알고 있습니다. 그럼에도 나올 수밖에 없었습니다. 허수아비로 사느니 단 하루라도 제대로 살아 보고 싶었으니까요. 또한 잘못되어 나락으로 떨어질지라도 비상할 기회를 잡고 싶었습니다."

딸그락.

소무백이 찻잔을 만지작거리며 말을 이었다.

"어쩌면 이 전쟁은 제게 처음이자 마지막 기회가 될 수도 있겠군요."

잠시 분위기가 숙연해졌다.

하지만 침묵의 시간은 그리 오래가지 않았다.

"때론 이런 생각을 해 봤습니다. 차라리 가주께서 벌의 대지존이 되면 어떨까, 하는……."

"대지존!"

철군악이 두 눈마저 부릅뜨며 외쳤다.

소무백은 아랑곳하지 않고 말을 이었다.

"장로원주가 무서웠습니다. 그와 마주할 때면 숨조차 제대로 쉴 수가 없었습니다. 혼자 있을 때면 백 번, 천 번도 더 도망칠까 궁리도 해 봤습니다. 하지만 이제 더는 그러지 않기로 했습니다. 온 힘을 다해 당당히 맞서 싸울 겁니다. 그래서 이곳으로 온 것입니다."

연후는 소무백의 입가에 어린 처연한 미소를 보며 가슴이 아팠다. 만약 자신이 소무백의 입장이라면 어떻게 할 수 있을까.

'하루도 못 살겠지.'

상상조차 하기 싫은 끔찍한 삶이 되리라.

연후는 단호히 말했다.

"솔직히 이 전쟁의 승패는 저도 가늠하기가 어렵습니다. 다만 하나 약속드릴 수 있는 것은 적어도 장로원주에게 칼자루를 쥐여 주지는 않을 거라는 것입니다."

연후는 약속하겠다는 말은 하지 않았다.

하지만 이런 말을 했다는 것은 약속, 그 이상의 의미를 담고 있었다.

* * *

연후가 돌아간 뒤, 철군악은 홀로 군영을 걸으며 뛰는 가슴을 간신히 억눌렀다.

'대지존을 위해서 참고 계셨다니…….'

그는 연후가 강공으로 나갈 것이라 예상했었다. 그뿐만이 아니라 거의 모두가 그와 같은 생각이었다.

하지만 연후는 지금껏 방어에 치중할 뿐, 공격은 언급조차 않고 있었다.

그 이유가 무척이나 궁금했는데, 오늘 그 이유를 알게 되니 가슴이 벅차오르며 눈시울마저 붉어졌다.

"사자, 어디 가십니까?"

뒤에서 굵직한 목소리가 울렸다. 돌아보니 백운이 걸어오고 있었는데, 양손에 뭔가를 잔뜩 들고 있었다.

철군악은 재빨리 표정을 고쳤다.

"답답하여 바람을 쐬러 나왔소. 한데 그건 뭐요?"

"수하 놈들이 산돼지 한 마리를 잡았는데, 대지존게서 좋아하시는 부위로 맛있게 구워서 가져왔습니다. 산책을 다 하셨으면 같이 드시지요."

그러면서 술병을 하나 들어 보이며 히죽 웃는 백운이었다.

"저희 주군께는 비밀입니다. 흐흐흐."

찌잉.

철군악은 가슴 깊숙한 곳에서부터 올라오는 울림에 울컥했다.

'이런 것까지 기억하고 있었다니……'

그 주인에 그 수하까지 자신을 감동시키다니. 철군악은 이럴 땐 정말 어떻게 감정을 다스려야 할지 몰라 말문이 막혔다.

"식으면 맛없습니다."

"알겠소. 하면 전주도 같이 한잔하십시다."

그때였다.

펑펑!

밤하늘에 두 발의 폭죽이 터졌다.

적의 공격을 알리는 신호탄이었다.
"개자식들이, 하필이면 이때……."

　　　　　　＊　＊　＊

펑펑!
태무광은 적진 곳곳에서 터지는 신호탄을 응시하며 차갑게 웃었다.
신호탄이 터진 곳은 방어선의 좌측과 우측이었다. 그 거리가 말을 타고 한참을 달려야 하는 거리였다.
그때 또 한 발의 신호탄이 터졌다.
펑!
'세 방향은 발각이 되어도 상관없다.'
태무광은 네 번째 신호탄이 터지지 않기를 고대했다.
그의 시선은 신호탄이 터지지 않은 방향에 고정되어 있었다. 추리고 추린 최정예 오천이 떠난 방향이었다.
그들을 위해 나머지 세 방향은 이전보다 더 많은 병력을 투입했다.
까가강!
"크악!"
"으아악!"
세 방향에서 거의 동시에 교전이 시작되었다.

하지만 태무광은 오직 오천의 정예가 떠난 방향에서 시선을 떼지 않았다.
 작전이 통한 것일까?
 시간이 꽤 지났음에도 신호탄은 터지지 않고 있었다. 그것은 곧 아직까지 적에게 발각되지 않았다는 것을 의미했다.
 시간이 조금 더 지났을 때, 태무광은 확신에 찬 미소를 머금었다.
 "후후후. 어쩌면 내일 아침 해가 뜨기 전에 적의 방어선을 무너뜨릴 수도 있겠군."

* * *

 천추검단의 단주 전유림은 수하들을 돌아봤다.
 모두가 어둠 속에 웅크린 채 적이 나타나기를 기다리고 있었다.
 이미 곳곳에서 교전이 벌어지고 있었고, 처절한 단말마가 긴장감을 고조시켰다.
 "여긴 산세가 험하고 경사가 가팔라서 적이 엄두도 내지 못할 텐데 우리더러 왜 이곳을 지키라고 했을까요?"
 "적이 역으로 뒤집고 나올 수도 있다고 봤겠지."
 "솔직히 저는 이 작전이 이해가 가지 않습니다. 벌써

세 방향에서 교전이 시작되고 있는데 우리 천추검단은 아예 방어선에서 배제된 꼴이지 않습니까."

"부단주."

"예?"

"네 말에 대원들까지 혼란스러워할 수 있으니 그만해라. 철혈가주가 대지존의 대리자가 되었으니 우린 그가 내리는 명령에 따르면 그뿐이다."

"하지만……."

"그만하라고 했다."

"예."

부단주가 제자리로 돌아가자 전유림은 물주머니를 끌러 갈증을 채웠다.

'정말 이곳으로 적이 올 거라고 본 건가? 아니면 다른 생각이 있어서 우리를 전투에서 배제한 걸까?'

부단주를 꾸짖었지만 사실 전유림도 연후의 작전이 납득이 가지 않았다. 당장 강력한 전력인 일만의 천추검단이 전투에서 배제된 꼴이 아닌가.

그때였다.

휘리릭.

어둠을 가르며 떨어져 내리는 두 개의 그림자가 있었다.

"누구냐!"

채채챙!

전유림의 호위 무사들이 일제히 검을 뽑으며 그를 둘러쌌다.

그림자는 백무영과 서백이었다.

백무영이 전유림을 향해 말했다.

"적이 올라오고 있소. 준비하시오."

"철혈가주께서 보내셨소?"

"그렇소."

전유림은 뒤를 돌아보며 손짓을 보냈다. 그러자 천추검단이 빠르게 움직이기 시작했다.

전유림은 자신이 맡아야 할 장소로 이동하며 내심 놀람을 감추지 못했다.

'우연인가? 아니면……'

그때 백무영이 말했다.

"천추검단은 협곡 좌측을 맡아 주시오."

"우측을 비워 두잔 말이오?"

"우측은 이미 혈왕군 오천이 대기하고 있소."

"……!"

전유림은 다시 놀랐다. 도대체 혈왕군이 언제 협곡 우측까지 올라왔단 말인가.

'그나저나 이자는 누군데 말투가 이따위야. 그리고 저 활은 또 뭐지?'

전유림은 서백이 들고 있는 대궁을 보며 쓴웃음을 머금었다.

그때였다.

팡!

서백이 땅을 박차고 뛰어오르더니 주변에서 가장 높은 나무 위로 올라섰다. 막 서백을 하찮게 여기려 했던 전유림은 서백의 놀라운 경공술이 눈을 치떴다.

'이십 장을 한 번 도약으로 올라서다니…….'

더 놀라운 것은 서백의 앳된 얼굴이었다.

아무리 많이 봐주려 해도 이십대 초반이었다. 그 나이에 저 정도 수준의 경공술을 펼친다는 것은 상상을 넘어서는 것이었다.

백무영이 말했다.

"저 친구가 화살을 쏘면 그것을 공격 신호로 여기고 적의 측면을 흔들어 주시오."

백무영의 어조가 명령조로 들렸던 걸까. 전유림은 대뜸 직급을 물었다.

"철혈가에서 직급이 어떻게 되시오?"

"무공 교관이오."

꿈틀.

전유림의 눈썹이 칼날처럼 휘어졌다. 백무영이 하도 오만하게 굴어서 대단한 직급이라도 되는 줄 알았던 그였다.

"내가 비록 직급으로 사람을 평가하진 않지만 그래도 최소한의 예의는 갖추도록 합시다. 여긴 나만 있는 게 아니지 않소."

 백무영은 말없이 앞으로 나갔다. 그에 뒤에서 지켜보던 부단주가 보다 못해 한마디 하려고 할 때였다.

 타앙!

 나무 위에서 시위를 튕기는 소리가 울렸다. 시위를 떠난 화살이 어둠을 가르며 한참을 날아가더니 폭음과 함께 불꽃을 일으켰다.

 쾅!

 화살이 터진 곳이 한순간 대낮처럼 밝아지며 그 아래에서 까맣게 올라오는 적의 모습이 드러났다.

 스르릉.

 전유림이 검을 뽑아 들며 외쳤다.

 "공격하라!"

 파파팟!

 천추검단이 움직이기 시작했다. 전유림은 선두로 나서며 한 번 더 외쳤다.

 "지형이 좁다! 최소 규모의 공격진으로 전환한다!"

 그의 명령에 천추검단은 달려가면서 대형에 변화를 주었다.

 백무영의 눈에 감탄의 빛이 내려앉았다.

'역시 명불허전이군.'

집단전에서는 백야검단과 더불어 가장 강력하다고 평가받는 천추검단이었다. 오히려 굵직한 작전은 백야검단보다 더 많이 수행한 것으로 알려져 있었다.

팟!

백무영은 한 번의 도약으로 전유림의 옆으로 따라붙었다.

철컥철컥!

그의 창이 쇳소리와 함께 날을 드러냈다.

순간 주변에 흐르는 지독한 한기에 전유림은 흠칫하며 백무영을 돌아봤다.

'철봉이 아니라 창이었다니…… 잠깐, 창이라면?'

전유림의 머릿속에 모두가 하찮게 여기는 창으로 마신이라 불리게 된 존재가 떠올랐다.

암흑마신 백무영.

그가 철혈가에 몸담고 있다는 건 귀가 따갑게 들어왔던 전유림이었다.

'그럼 이 사람이…….'

그때였다.

콰콰콱!

"크아악!"

"끄악!"

협곡 우측에서 비명이 터졌다.
혈왕군이 공격을 시작한 것이다.
백무영이 전유림을 돌아보며 나지막이 말했다.
"더 빨리 움직여야 할 것 같소."
꽈악.
"천추검단! 전속으로!"
"전속으로!"
쾅!
백무영이 땅을 박차고 뛰어올랐다.
그런 그의 옆으로 화살 한 발이 스치듯 지나갔고, 곧이어 적진 한복판에서 불길이 치솟았다.
콰앙!
"우악!"
"크악!"

* * *

"……!"
어둠 속에서 일어난 화광(火光)이 태무광의 눈동자를 붉게 물들였다.
그의 미간이 일그러졌다.
'이 시간에 발각이 되었다면…….'

화광이 일어난 곳은 산맥을 넘어설 것이라 확신하고 있던 부대가 움직이는 쪽이었다.

마음에 걸리는 건 최정예 오천이 발각되었다는 것 자체가 아닌, 발각된 시간이 너무 늦다는 점이었다.

이미 세 방향에서 교전이 벌어지고 있었다. 그런 상황에서 뒤늦게 저곳으로 병력을 보내지는 않을 터.

'설마 우리가 저곳으로 갈 것을 예상하고 매복을 하고 있었단 말인가?'

생각이 거기에 미치자 태무광은 뒤를 돌아보며 명령을 내렸다.

"누가 가서 어떻게 된 일인지 알아보거라!"

"예!"

경공술이 뛰어난 고수 하나가 어둠 속으로 몸을 날렸고, 태무광은 연이어 일어나는 화광을 바라보며 눈빛을 가라앉혔다.

그때였다.

"대원수!"

뒤쪽에서 측근 한 명이 뛰어왔다.

"무슨 일이냐?"

"큰일 났습니다!"

"무슨 일인데 호들갑을 떠는 게야!"

"그게……."

측근은 태무광에게 전서 두 장을 건넸다. 전서에는 위급한 상황을 알릴 때만 사용하는 특별한 인장이 찍혀 있었다.

태무광은 즉각 전서를 펼쳤다.

수만으로 추정되는 적의 기병이 황도를 향해 진격해 오고 있습니다. 이미 황도 남쪽의 도시 두 곳이 궤멸되었고……
後略.

바르르…….
흔들리는 태무광의 눈빛.
그는 곧장 다른 전서도 펼쳤다.

적랑단이 황도를 향해 진격해 오고 있습니다. 놈들이 전마를 풀어놓은 곳부터 공격을 하는 바람에 기병이 심각한 타격을…… 後略.

화아악!
태무광의 전신에서 가공할 마기가 일어났다. 마기가 얼마나 강력한지 전서를 건넸던 측근이 목을 움켜쥐며 괴로워할 정도였다.
태무광은 노기로 인해 얼굴이 붉게 달아올랐다.

"애송이 따위가 감히……."

누구를 지칭하는 것일까?

연후일까, 아니면 소무백일까?

괴로워하던 측근이 힘겹게 말했다.

"……황도의 기병이 타격을 입었다면 황도 방어가 위태로워질 수도 있습니다! 게다가 적랑단은…… 아군에 못지않게 기병 전술이 매우 뛰어난 자들입니다!"

꽈악.

태무광은 입술을 깨물었다.

그리고 어찌 적랑단의 병성을 모를까. 기병 전술에 관한한 천하최강이라 자부하는 대막무림도 적랑단의 기병 전술만큼은 인정하고 있었다.

"허허허."

태무광이 갑자기 실소를 터트렸다.

하지만 그걸 어떻게 웃음이라 할 수 있으랴.

"본 좌가 애송이에게 보기 좋게 한 방 먹었구나. 내 그 자의 말만 믿고 애송이 대지존을 너무 얕본 것이 이런 결과를 초래하고 말았어."

태무광이 애송이라 언급했던 대상은 연후가 아닌 소무백임이 드러났다. 그는 연후가 이곳에 와 있다는 것은 알아도 그가 연합군을 이끌고 있다는 사실을 꿈에도 모르고 있었다.

쾅!

태무광이 발로 땅을 굴렀다.

그러자 반경 오 장 일대에 흙먼지가 폭풍처럼 일어났다.

보고도 믿기지 않는 가공할 광경에 측근들조차도 표정이 딱딱하게 굳어졌다.

"퇴각한다."

"퇴각 나팔을 불어라!"

"퇴각 나팔을 불어라!"

3장
퇴각하는 대막무림

퇴각하는 대막무림

소무백의 호위 부대로 전환된 백야검단.

그들도 방어선에 투입되어 치열한 전투를 벌이고 있었다.

"크아악!"

"으악!"

백야검단은 강했다.

지리적 이점을 안고 싸우니 강함은 배가되었고, 수적 우세를 바탕으로 공격을 해 왔던 적들은 능선 하나를 넘지 못하고 고전에 고전을 거듭하고 있었다.

하지만 적들도 강했다. 특히 개개인의 무력으로는 백야검단보다 우수한 자들이 적지 않았다.

그렇게 격전이 반 시진쯤 이어지자, 백야검단에서는 일

천에 가까운 사상자가 발생했다.

"물러서지 마라!"

"자리를 고수해라!"

사공천의 목소리가 전장을 쩌렁쩌렁 울렸다. 그의 전신은 피로 흥건히 젖어 있었고, 주변은 적의 시체가 무더기로 나뒹굴고 있었다.

번쩍!

한 줄기 섬광이 사공천을 덮쳤다.

사공천은 몸을 뒤로 비틀며 날아드는 섬광을 후려쳤다.

꽈앙!

짜자작!

사공천의 장포가 찢겨 날아갔다. 뒤이어 뒤로 다섯 걸음 밀려났다.

사공천은 상대를 직시했다.

한 손에는 반월도를, 다른 한 손에는 도끼를 든 거한이었다. 그는 대막 특유의 두 갈래 머리를 하고 온몸에 해골을 달고 있었다.

사공천은 직감적으로 거한이 이곳을 공격하고 있는 적의 수장임을 알아챘다.

"샌님처럼 생긴 새끼가 제법이군. 흐흐흐. 네가 대가리냐?"

"어이, 덩치. 이빨이나 좀 닦고 다녀."

"뭐?"

화아악!

거한이 반월도를 휘둘러 사공천의 정수리를 노렸다. 뒤이어 도끼가 사공천의 왼쪽 어깨를 향해 떨어져 내렸다.

사공천은 반월도는 흘려 내고 도끼를 후려쳤다.

꽈앙!

짜자작!

또다시 사공천의 장포 일부가 찢겨 날아갔다. 두 번의 공방에서 공력은 거한이 앞선다는 것이 증명되었다.

하지만 사공천은 재빨리 무게 중심을 회복하며 거한의 미간을 향해 검을 겨누었다.

씨익.

"대갈통을 쪼개 주마. 흐흐흐."

"입 좀 다물라니까? 냄새 때문에 정신을 차릴 수가 없잖아."

"빌어먹을 잡종 새끼!"

화아악!

콰쾅!

두 번의 연이은 공격을 피한 사공천은 상체를 바짝 숙이며 거한의 복부를 향해 일검을 내질렀다.

'됐다!'

라고 생각할 때, 거한이 뒤로 빠졌다.

놀라운 속도의 보법에 사공천의 일격은 무위로 돌아갔다.

하마터면 배에 구멍이 뚫릴 뻔했던 거한의 눈빛이 무겁게 변했다. 사공천이 결코 만만치 않은 상대라는 것을 인정한 것이다.

"더는 장난 없다, 샌님 새끼."

"입 좀 다물자. 냄새난다니까?"

"죽여 주마."

"입!"

화아악!

"이런 쌍놈의 새끼가!"

사공천의 연이은 구공에 거한은 기어코 평정심을 잃고 말았다.

슈아악!

반월도와 도끼가 시간 차를 두고 사공천을 향해 날아들었다.

그 순간 사공천은 안광을 번뜩였다. 흥분을 한 탓인지 거한의 움직임이 거칠어지면서 미세한 틈을 드러낸 것이다.

팟!

사공천은 거한의 가슴을 향해 검을 던졌다. 검은 그대

로 거한의 심장을 관통했고, 사공천은 동시에 날아드는 반월도와 도끼를 피해 뒤로 몸을 물렸다.

꽈직!

사공천이 섰던 곳에 반월도와 도끼가 차례로 떨어졌고, 심장을 꿰뚫린 거한은 거목이 쓰러지듯 앞으로 꼬꾸라졌다.

"후욱!"

사공천은 미간의 땀을 닦아 내며 거친 숨을 토했다.

만약 검을 잡은 채로 반격을 했더라면 반월도나 도끼에 의해 그 역시도 중상을 면치 못했을 것이다.

찰나의 순간에 발휘한 임기응변의 절묘한 한 수로 강적을 쓰러뜨린 것이다.

그때였다.

번쩍!

사공천은 바로 뒤에서 일어나는 섬뜩한 기운을 느끼곤 혼신의 힘을 다해 보법을 펼쳤다.

팟!

그의 어깨에서 피가 튀었다.

사공천은 어깨를 베고 지나가는 반월도를 손바닥으로 후려쳤다.

땅!

"……!"

사공천은 두 눈을 부릅떴다. 당연히 밀려날 줄 알았던 반월도가 오히려 이번에는 더 빠른 속도로 날아드는 것이 아닌가.

피하기란 거의 불가능한 속도와 궤적이었다.

그렇다면 검으로 막아야 하지만 그의 검은 거한의 가슴에 박혀 있었다.

'이런……'

사공천의 두 눈에 절망이 어렸다. 동시에 그의 머릿속으로 살아온 삶의 모든 광경들이 주마등처럼 스치며 지나갔다.

바로 그때, 사공천은 자신을 향해 맹렬히 달려드는 적의 뒤에서 모습을 드러내는 한 사람을 보았다.

그의 우수가 적의 머리에 얹히는 것까지.

퍽!

피와 뇌수가 사공천의 얼굴을 덮었다.

"괜찮소?"

"……괜찮습니다."

* * *

사공천을 위기에서 구해 준 연후는 전장을 살폈다.

혈전이었다.

적은 지형적 불리함에도 불구하고 파상적인 공세를 퍼붓고 있었고, 일부 전선은 금방이라도 돌파를 당할 것처럼 위태로워 보였다.

연후의 시선이 멈춘 곳은 좌측 방어선이었다.

그곳에 가장 많은 적이 몰려 있었고, 상대적으로 아군의 수는 현저히 적었다.

연후는 사공천을 돌아보며 말했다.

"버틸 수 있겠소?"

콰악!

"사력을 다해 막아 내겠습니다."

사공천이 입술을 깨물며 결연히 대답했다.

"믿겠소."

쾅!

땅을 박차고 뛰어오른 연후는 좌측 방어선으로 시위를 떠난 화살처럼 날아갔다.

사공천은 순식간에 까만 점이 되어 가는 연후를 응시하며 크게 숨을 골랐다. 그런 그를 향해 백야검단의 무사들이 다가왔다.

"단주님! 괜찮으십니까?!"

"후욱!"

사공천은 거한의 몸에 박혀 있던 검을 뽑아 들며 단호히 외쳤다.

"이곳을 사수한다! 대형을 유지해라!"

사공천은 연후가 몸을 날린 전선의 좌측을 돌아봤다.

마침 거대한 핏빛 광채가 적들을 휩쓰는 것이 보였다. 핏빛 광채에 휩쓸린 적들이 피를 뿌리며 쓰러지는 무자비한 광경에 사공천은 혀를 내둘렀다.

"사공단주."

뒤에서 들려온 익숙한 목소리에 사공천은 흠칫하며 돌아섰다.

소무백이 다가오고 있었다.

철군악과 허도가 좌우에, 뒤쪽은 악소와 악마전이 철통처럼 그를 호위하고 있었지만 사공천은 놀라서 두 눈을 부릅떴다.

"대지존! 여긴 너무 위험합니다!"

"전장에서 위험하지 않은 곳이 어디 있겠소? 그나저나 다치지는 않았소?"

"속하는 괜찮습니다."

"그럼 어서 싸웁시다."

소무백은 이미 교전을 치렀는지 갑주 곳곳에 선혈이 낭자했다. 피가 묻은 검에서도 핏빛 수증기가 피어오르고 있었다.

그 모습이 사공천에게는 너무나도 어색하고 낯설었다.

철군악이 지나가며 한마디 했다.

"집중하시오, 단주."

"……예."

사공천은 재빨리 소무백의 곁을 따라붙었다. 철군악이 말을 이었다.

"대지존의 호위는 우리에게 맡기고 단주는 검단을 이끌어 주시오."

"하지만……."

"저들을 믿으시오."

철군악이 악마전을 가리켰다.

"걱정 마슈. 다가오는 족족 대갈통을 날려 버리는 중이니까. 흐흐흐."

백운이 대도를 흔들어 보이며 히죽 웃었다. 그러자 부차를 비롯한 악마전 모두가 백운을 흉내 내며 히죽 웃었다.

악소는 아예 이쪽을 쳐다보지도 않았다.

까가강!

콰지직!

"크악!"

"으악!"

잠시 사라졌던 처절한 비명성이 다시 사공천의 귓속을 흔들기 시작했다.

사공천은 그제야 철군악을 향해 검을 들어 보였다.

"하면 전투가 끝나고 뵙겠습니다!"

* * *

 전유림과 이만의 천추검단은 적의 측면을 공격하고 나섰다.
 짙은 어둠 때문에 적의 규모가 어느 정도인지 가늠하기 어려웠던 까닭에 파상 공세를 펼치지는 못했다. 만약의 상황에 대비해야 했기 때문이다.
 까가강!
 콰콱!
 "우악!"
 "크아악!"
 적들이 쓰러졌다. 그만큼 아군도 쓰러졌다.
 "보통 놈들이 아닙니다, 단주!"
 "집중해라!"
 전유림은 전장을 살폈다.
 백병전에서 가장 큰 위력을 발휘하는 최소 규모의 검진으로 적에 맞섰지만, 험악한 지형 때문에 제대로 위력을 발휘하지 못하고 있었다.
 거의 대부분의 곳에서 일대일의 상황이 벌어지고 있었다.

번쩍!

어둠을 찢어 내며 날아드는 한 줄기 빛이 전유림의 가슴을 노렸다.

꽝!

날아든 빛을 후려친 전유림은 돌진하듯 앞으로 뛰쳐나가며 적의 목을 베었다.

퍽!

"크악!"

까가강!

지척에서 천인장 하나가 위기에 처한 것을 목도한 전유림은 재빨리 그곳으로 몸을 날렸다. 하지만 앞을 가로막는 적들 때문에 발목이 묶이고 말았다.

전유림은 살상력이 가장 뛰어난 초식을 펼쳐 앞을 막아섰던 적들을 베어 내고는 천인장이 있는 곳으로 전진했다.

하지만 이미 늦어 버린 뒤였다.

그때였다.

쐐애액!

한 줄기 파공성이 머리 위쪽에서 울리더니 천인장을 몰아치던 적의 머리에서 피가 튀었다.

퍽!

"컥!"

"……!"

전유림의 고개가 벼락같이 뒤를 향해 돌아갔다.

전장 뒤쪽의 암벽 위. 그곳에 서백이 서 있었다.

타앙!

또 한 발의 화살이 시위를 떠났다.

전유림은 자신도 모르게 화살의 궤적을 좇아 시선을 돌렸다.

퍽!

"크악!"

결코 만만치 않았던 적 하나가 머리를 관통당하고 꼬꾸라졌다.

그때였다.

서백이 암벽에서 훌쩍 뛰어내렸다.

대궁은 어깨에, 대신 한 자루 검이 그의 손에 들려 있었다.

전유림은 다가오는 서백의 앳된 얼굴에서 눈을 떼지 못했다. 뒤이어 아끼던 수하를 구해 준 것에 대한 고마움을 표했다.

"……고맙소."

"뭘요."

씨익.

그때였다.

삐이익! 삐이익!

전장 곳곳에서 날카로운 호각성이 연이어 울렸다. 뒤이어 외침이 터졌다.

"적이 퇴각한다!"

"적이 물러갑니다, 단주님!"

"……!"

전유림은 재빨리 높은 곳으로 올라가 전장을 살폈다.

펑펑펑!

연이어 터지는 폭죽으로 인해 퇴각하는 적들의 모습이 한눈에 들어왔다.

전유림은 비로소 안도했다.

그때 그의 두 눈에 백무영이 들어찼다. 온몸에 피를 뒤집어쓴 그는 별호 그대로 암흑의 공간에서 막 뛰쳐나온 마신의 모습이었다.

그가 한 걸음 걸을 때마다 주변으로 피안개가 퍼져 나가는 모습은 그야말로 압권이었다.

서백이 백무영의 곁으로 뛰어내렸다.

"괜찮습니까, 형님?"

"괜찮아. 너는?"

"저야 지금껏 나무 위에서 화살만 날렸는데요, 뭘."

서백의 어깨를 다독거려 준 백무영이 전유림을 올라다보며 말했다.

"우리가 싸운 놈들은 대막의 최정예 부대인 것 같소. 죽일 수 있을 때 한 놈이라도 더 죽여야지 않겠소?"

"……!"

"적의 퇴각에 안도만 하고 있을 거요?"

추격을 명하라는 백무영의 압박에 전유림은 크게 심호흡을 하고는 공력을 담아 소리쳤다.

"추격하라!"

* * *

위이잉!

혈마번의 위력은 어김이 없었다.

집단전에서 더 한 위력을 발휘하며 수많은 적들을 죽였다.

"후욱."

연후는 심호흡을 하며 혈마번을 거뒀다.

적이 퇴각하기 시작했다. 하지만 너무 깊숙이 들어와 버린 적들은 퇴각을 포기하고 맹렬히 저항했다.

연후는 방어선 좌측을 돌아봤다. 혈왕군과 천추검단이 있는 곳이었다.

'지금쯤이면 저곳으로 올라간 놈들도 퇴각하고 있겠군.'

연후는 사공천을 찾았다.

마침 멀지 않은 곳에 사공천이 있었다.

"사공단주."

"예?"

사공천이 연후를 돌아봤다.

연후는 목적지를 손으로 가리키며 말했다.

"오천의 병력을 이끌고 곧장 방어선을 내려가 대평원으로 향하는 길목을 차단하시오."

"……."

"서둘러야 할 거요."

"알겠습니다."

사공천은 이유를 묻고 싶었다.

하지만 일단 그의 명령에 따르는 것이 우선이라 여기고 백야검단에게 명령을 내렸다.

"평원으로 내려간다!"

잠시 후 사공천이 오천의 백야검단과 함께 방어선을 내려갔다.

까가강!

콰지직!

"크악!"

"으아악!"

여전히 곳곳에서는 혈전이 벌어지고 있었다. 하지만 퇴

각 명령이 내려졌다는 것을 알고 있었던 적들은 기세가 한풀 꺾여 있었다.

연후는 소무백을 찾았다.

소무백은 전투 현장의 한복판에서 용맹하게 싸우고 있었다.

연후는 시선을 돌려 대평원의 북쪽을 바라봤다. 참혹한 전장과는 상관없다는 듯 그곳은 한없이 고요했다.

'예상보다 빨리 황도까지 치고 올라간 모양이군.'

적이 왜 퇴각했을까?

당연히 적랑단이 황도를 공격한다는 급보를 접하고 내린 결정이리라.

항상 그러하듯 보이지 않는 곳에서 싸웠던 철우가 다가왔다.

"적랑단이 제대로 성공을 한 모양입니다."

"재정비할 시간은 충분히 번 셈이지."

이로써 작전은 완벽하게 성공한 셈이었다. 한 번 돌아가면 다시 내려오는 건 결코 쉽지 않은 일이 될 것이다.

자신들의 심장이라고 할 수 있는 황도가 위험해질 수도 있음을 깨달았으니 더욱더 그러할 것이다.

"철우."

"예."

"적의 정예들을 추살하러 간다."

"알겠습니다."

쾅!

연후와 철우는 어둠을 갈랐다.

가는 길에 적들이 몰려 있는 곳이 있었지만 무시하고 곧장 평원으로 이어지는 초입으로 향했다.

그런 그를 바라보는 눈동자가 있었다. 연후를 제거하라는 적혼의 특명을 받고 온 혈강시 삼호였다.

파르르…….

삼호의 눈빛이 인간의 감정을 담은 채 가늘게 흔들렸다.

'무서운 자다. 혼란한 와중에도 한 치의 빈틈도 드러내지 않다니…….'

삼호는 지금껏 기회를 노리며 연후의 근처를 맴돌았다. 하지만 단 한 번의 기회조차 찾아내지 못하고 그저 지켜봐야만 했다.

"이봐, 도망쳐! 버텨 봤자 소용없다고!"

삼호는 자신을 향해 소리치는 대막의 무사를 돌아봤다. 지금 삼호는 대막의 복장을 하고 있었다.

삼호의 눈에 살광이 어렸다.

"네놈들이 더 잘 싸워 줬더라면 되었을 텐데……."

퍽!

"뭐, 뭐야! 저 새끼 죽여!"

동료의 죽음에 주변에 있던 자들이 삼호를 향해 달려들었다.
 "버러지만도 못할 것들."
 연후에게 검조차 한 번 휘둘러 보지 못한 분풀이라도 하려는 걸까? 삼호는 달려드는 자들을 향해 그대로 돌진했다.
 퍼퍼퍽!
 "크아악!"
 "끄악!"
 순식간에 다섯을 죽인 삼호는 치미는 분노를 곱씹으며 전장을 빠져나갔다.
 그런 그를 향해 날아드는 섬뜩한 기운이 있었다.
 삼호는 허공에서 몸을 비틀며 날아드는 기운을 향해 검을 휘둘렀다.
 꽝!
 짜자작!
 삼호의 장포 곳곳이 찢겨 날아갔다.
 삼호는 반력을 이용해 더 먼 곳으로 몸을 빼면서 자신을 공격한 상대를 응시했다.
 눈부신 은발이 어둠 속에서 한 송이 꽃처럼 보이는 여인이었다.
 삼호의 두 눈은 여인의 얼굴이 아닌 소맷자락 밖으로

드러난 여인의 손으로 향했다.

'소수······.'

삼호는 어떻게 자신을 그토록 간단히 날려 버릴 수 있었던 것인지 비로소 이해가 갔다.

당장이라도 감히 자신에게 덤벼든 것에 대한 대가를 치르게 해 주고 싶었으나 참아야만 했다. 중원연합군과 동시에 소수마공까지 상대하기엔 벅찼다.

쾅!

삼호는 땅을 박차고 뛰어올라서는 북쪽으로 몸을 날렸다. 그를 향해 백야검단의 무사 몇 명이 공격을 퍼부었지만 삼호의 경공술은 그들이 감당할 수 있는 것이 아니었다.

"이상한 놈이 다 있었네?"

서령이 어둠 속으로 사라지는 삼호를 보며 곱게 미간을 찡그렸다. 동방리가 다가왔다.

"적의 수뇌인가 봐요."

"그럴까요?"

서령은 눈빛마저 가늘어졌다.

이런 묘한 기분은 두 번째였다. 첫 번째는 황하수련의 총단을 탈출한 괴인중 하나를 두 번째 맞닥뜨렸을 때였다. 그때도 지금과 비슷한 기분에 휩싸였던 서령이었다.

"뭘 그렇게 깊게 생각하세요?"

"아무것도 아니에요."

서령은 눈빛과 표정을 고치며 전장을 바라봤다. 곳곳에서 여전히 전투가 벌어지고 있었지만 이미 전세는 중원연합군 쪽으로 기울어져 있었다.

서령은 동방리를 응시했다.

"다친 곳 없죠?"

"그럼요. 전 괜찮아요."

"원래 이런 사람이었나요?"

"……뭐가요?"

"싸울 때 너무 물불을 가리지 않는 것 같아서요. 호위를 하는 사람한테는 최악의 호위 대상이더군요. 언제 어디로 튈지 모르니……."

그 말에 동방리가 상아처럼 하얀 치아를 드러내며 웃었다.

"미안해요, 호위 무사님."

"……."

* * *

와아아!

혈전이 막을 내린 전장.

중원연합군의 함성이 초목(草木)을 흔들었다.

소무백은 비로소 안도하며 거친 숨을 토했다. 철군악이 다가왔다.

"승전을 축하드립니다. 대지존!"

"축하받을 사람은 제가 아니라 철혈가주와 연합군의 모든 무사들입니다."

소무백이 활짝 웃었다. 채 닦아 내지 못한 피 때문에 치아가 유난히 더 희어 보였다. 철군악도 웃었다.

허도는 악소와 백운에게 다가갔다.

"수고 많으셨소, 두 분."

"호위장도 수고 많았소."

백운은 투덜거렸다.

"저 망할 새끼들 뒤를 쫓아가서 박살을 내 버려야 하는데……."

"미처 두 분을 몰라뵜었소. 무례했던 점이 있었다면 부디 너그러이 이해해 주시오."

모두는 승전의 기쁨을 만끽했다.

저만치 떨어진 곳에 전가와 월가의 병력이 모여들고 있었는데, 그곳에서도 환호성이 끊이지 않고 있었다.

소무백이 전장을 둘러보며 조금은 흥분된 목소리로 말했다.

"적랑단이 실로 큰일을 해냈습니다. 대지존으로서 후한 상이라도 내려야 할 것 같습니다."

철군악은 그저 웃었다.

'이렇게 흥분하신 모습은 처음이구나.'

어쩌면 그에게 대승만큼이나 기쁜 것은 소무백의 변화였다. 모든 것을 잃을 각오까지 하고 나선 출전에서 대승을 거두었으니 이후의 행보에 자신감을 더할 수 있으리라.

철군악은 대평원을 바라봤다.

대평원이 시작되는 초입 근처에서 불꽃이 마구 일어나고 있었다.

철군악은 그곳에서 적과 싸우고 있을 연후를 떠올리며 눈빛을 떨었다.

'감사합니다, 가주.'

* * *

"크악!"
"으아악!"
"모조리 씹어 먹어 주마! 개새끼들!"
"으하하!"

퇴각하던 대막무림의 무사들이 혼비백산했다. 대평원으로 이어지는 길목에 혈왕군이 나타난 것이었다. 뒤쪽에서도 미처 거리를 벌리지 못한 자들이 뒤를 쫓아온 천추검단과 혈왕군에 의해 죽어 나가기 시작했다.

"빌어먹을……."

한 민머리 거한이 피가 나도록 입술을 깨물었다.

그는 자신을 향해 달려들던 천추검단의 대원 둘의 머리를 날려 버리고는 악에 받친 듯 외쳤다.

"퇴로가 막혔으니 이곳에서 싸우다 죽는다! 누구도 물러서지 마라!"

"물러서지 마라!"

한순간 혼비백산했던 대막무림의 무사들이 신속하게 전열을 갖춰 갔다.

뒤를 쫓아온 전유림은 대막무림의 그러한 변화에 놀람을 감추지 못했다.

'오랑캐라 여겨 하찮게 봤거늘…….'

그러한 오만이 깨진 것은 이미 협곡에서부터였다. 매복이 완벽하게 성공했음에도 적들은 쉽게 무너지지 않았다.

오히려 궁지에 몰린 쥐가 고양이를 물기 위해 달려드는 것처럼 더욱더 사납게 변했고, 그로 인해 천추검단은 상당한 피해를 입어야 했다.

꽉!

전유림은 어금니를 악물었다.

"평원이 결코 너희들에게 유리한 곳이 아님을 똑똑히

보여 주마."

 그는 검단을 돌아보며 공력을 담아 외쳤다.

"공격진으로 전환하라!"

"공격진으로 전환하라!"

 천추검단의 대형이 변화를 시작했다. 오십 명이 하나의 검진을 이루는 공격진이 순식간에 수십 개가 만들어졌다.

"쳐라!"

 까가가강!

 콰지직!

"크아악!"

"으아악!"

 어린진 두 곳이 적의 중앙을 치고 들어갔다. 뒤를 이어 추행진 네 곳이 좌우를 공격하면서 적의 전방이 순식간에 흔들렸다.

 하지만 반격도 만만치 않았다. 대막무림 역시 이미 진을 형태를 갖추고 있었기 때문에 천추검단도 사상자가 속출했다.

 죽기를 각오한 자만큼 무서운 것은 없다고 했던가? 전장에서 그것은 만고불변의 이치였다.

 콰지직!

"크아악!"

"모조리 베어 버려!"

"흥! 누구 마음대로! 와 볼 테면 와 봐! 중원의 잡종 새끼들아!"

콰콰콱!

"으아악!"

"크악!"

전유림은 닥치는 대로 베어 넘기며 적의 수장을 찾았다. 그러다가 멀지 않은 곳에서 압도적인 무위를 뽐내고 있는 민머리 중년인을 발견하고는 안광을 번뜩였다.

'저놈인가?'

전유림은 민머리 중년인을 향해 나아갔다.

하지만 피아가 한데 뒤섞인 곳이 많아서 쉽사리 전진할 수가 없었다.

그때였다.

번쩍!

전유림은 시야를 가리며 날아드는 섬광을 발견하고는 호신강기를 일으킴과 동시에 수중의 검을 휘둘렀다.

꽝!

파팟!

전유림은 충격을 이기지 못하고 뒤로 밀렸다. 그는 몸속을 흔드는 반력을 억누르며 상대를 직시했다. 다른 적들의 그것보다 두 배는 더 넓은 반월도를 한 손에 하나씩

들고 있는 거한이었다.

그가 전유림을 향해 송곳니를 드러내며 웃었다.

"보아하니 네놈이 우두머리인 것 같군. 그렇다면 네놈부터 죽어야지. 흐흐흐."

'이런 마기라니……'

전유림은 얼굴이 따끔거렸다. 그만큼 거한이 발산하는 마기는 강력했다.

그때 그가 적의 수장이라 여겼던 민머리 중년인이 거한의 옆으로 다가왔다.

"대장! 저놈은 속하에게 맡기십시오."

"……!"

전유림은 비로소 깨달았다. 자신을 뒤로 밀어낸 거한이 적의 수장이라는 것을.

쾅!

전유림을 발로 땅을 구르며 두 손으로 검을 고쳐 잡았다. 그러고는 두 다리를 어깨 넓이로 벌리며 검을 비스듬히 늘어뜨렸다.

그때였다.

비웃음을 머금고 있던 거한의 눈빛이 변했다. 뒤이어 웃음기가 싹 가시며 은은한 긴장감이 동공을 가득 채우며 떠올랐다.

그는 전유림이 아닌 그 뒤쪽을 응시하고 있었다. 그곳

에 한 사내가 유령처럼 모습을 드러내고 있었다.

연후였다.

거한이 물었다.

"누구냐, 네놈은."

"천추검단의 단주 전……."

"너를 지옥으로 보내 줄 사람."

연후는 전유림을 지나 앞으로 나서며 그에게 한마디 했다.

"놈을 내게 양보하겠소?"

"……알겠습니다."

"고맙소."

전유림은 얼굴이 화끈거렸다.

수치심이 치밀었다. 거한의 눈빛에 긴장감이 어릴 때, 자신의 기세가 먹혀들었다고 생각했다.

그런데 그게 아니었다.

'철혈가주 때문이었어.'

연후는 거한을 향해 다가섰다.

"퇴각을 포기하고 싸울 것을 선택한 너의 충성심은 인정하마. 하지만 곧 잘못된 선택이었음을 깨닫게 될 거야."

화아악!

거한의 전신에서 다시 가공할 마기가 뿜어졌다. 긴장감

을 보였던 눈빛도 언제 그랬냐는 듯 광포하게 변했고, 두 개의 반월도는 은은한 혈광을 뿌려 대기 시작했다.
 "네놈이었구나. 부원수를 죽인 놈이……."
 거한은 연후의 손에 죽은 태무령과 절친한 사이였다. 비록 직급은 달랐지만 어렸을 적부터 함께 자라다시피 한 형제나 다름없는 관계로, 전쟁이 발발하기 전에 술잔을 기울이며 중원 땅에서 만나기로 약속까지 했었다.
 거한의 뒤쪽에서 움직이는 자들이 있었다.
 모두 다섯.
 연후는 하나같이 강력한 마기를 뿌려 대는 그들을 응시하며 싸늘히 웃었다.
 "다 함께 덤비는 것이 최선이긴 하겠군. 후후후."
 "물러서라!"
 거한이 한 마디에 다섯이 뒤로 물러섰다.
 "같이 덤벼도 괜찮은데."
 "대갈통을 날려 주마!"
 쾅!
 땅을 박찬 거한이 지면반력을 이용해 엄청난 속도로 달려들었다. 잔상(殘像)이 늘어지는 가공할 속도에 연후의 뒤에 서 있던 전유림이 놀라서 두 눈을 부릅떴다.
 '혈마진기를 이용한 금강벽을 시험한다.'
 연후는 피하지 않았다.

오히려 거한을 향해 정면으로 달려들었다. 태무령을 죽였을 때처럼 눈앞의 거한도 승전을 위해서 반드시 죽여야 한다.

압도적은 차이로.

그러자면 일격에 끝내는 것이 최선이었다. 해서 틈틈이 수련을 해 왔던 혈마진기를 이용한 금강벽을 시험해 보고자 했다.

꽈광!

연후는 연이어 세 번의 공격을 정면으로 받아 냈다. 속이 다소 흔들렸지만 이 정도면 만족할 만한 결과였다.

'혈마진기를 섞어 본다.'

혈옥에서 얻은 혈마진기.

지금껏 그것을 사용해 본 적은 거의 없었다.

우우웅.

몸속에서부터 강력한 힘의 움직임이 느껴졌다. 마치 수십 개의 칼날이 몸속에서부터 서로 튀어나오려 하는 느낌이랄까?

한편 거한은 연후가 방어에만 주력한다고 여겨 더욱더 강력한 공격을 퍼부었다.

그때였다.

번쩍!

연후의 전신이 하나의 거대한 빛으로 화했다.

순간 거한은 시력을 앗아 갈 것 같은 착각에 자신도 모르게 눈을 감았다가 떴다.

그건 돌이킬 수 없는 치명적 실수였다.

퍼퍼퍼퍽!

"……!"

거한의 등 뒤로 수십 개의 황금가시가 튀어나왔다. 황금가시는 이내 소멸되었고, 거한은 피를 게워 내며 휘청거렸다.

"사, 사술……."

"부정하지 않겠다. 솔직히 나도 이 정도일 줄은 몰랐거든."

사실이었다.

최강의 호신강기 금강벽.

그것에 혈마진기를 담아 공수를 겸비한 새로운 형태의 금강벽으로 만들고자 했을 뿐인데, 충격의 순간에 이런 가공할 살상력이 일어날 줄은 정말 몰랐다.

연후는 흥분했다.

수련의 성과가 제대로 나타나면 어떤 무인이라도 그와 같은 심정이지 않을까.

번쩍!

연후는 거한의 목을 벴다.

쿵!

목을 잃은 거한이 통나무처럼 쓰러졌다. 뒤이어 몇 차례 꿈틀거리더니 이내 축 늘어졌다.

"대, 대장이 죽었다!"

"으아!"

가장 먼저 거한의 다섯 호위가 도주하는 것을 시작으로, 주변에 있던 적들은 모두 혼비백산하여 흩어지기 시작했다.

연후는 전유림의 뒤에서 걸어오는 악소를 돌아봤다.

"혈왕에게 가서 한 놈도 살려 보내지 말라고 전해라, 악소."

"알겠습니다."

연후는 시선을 돌려 전유림을 응시하며 한마디 더 했다.

"가만있을 거요?"

"……!"

"마무리를 잘해야지 않겠소."

"……예. 추격하라!"

연후는 적을 쫓아 달려가는 전유림의 뒷모습을 응시하다가 슬며시 금강벽을 시전했다.

그러자 다시 몸속에서부터 강력한 힘의 소용돌이가 느껴졌다.

'또 하나를 얻었군.'

광마의 검에 비견될 정도는 아닐 것이다. 하지만 월아

에 필적할 만한 위력은 확인되었다.

콰콰콱!

"개새끼들이 감히 어딜 도망쳐!"

"모조리 박살을 내 버려!"

"크아악!"

"으악!"

혈왕군이 적들을 추살하고 있었다. 거기에 천추검단이 가세하자 그토록 용맹하고 강력했던 적의 정예들은 속절없이 쓰러져 갔다. 대장이 쓰러진 효과였다.

'만약 내가 쓰러진다면…….'

북부와 철혈가가 어떻게 될지 상상을 해 보았던 연후는 생각하기도 싫다는 듯 고개를 저으며 숨을 골랐다.

"후욱."

"대승입니다, 주군."

철우가 다가왔다. 서백은 큼지막한 반월도 두 개를 들고 뛰어왔다.

연후와 철우는 서백이 들고 있는 반월도를 응시하며 미간을 좁혔다.

씩.

서백이 웃으며 말했다.

"조금 전에 주군께서 죽인 놈이 쓰던 건데…… 가져가서 한번 연구를 해 볼 가치가 있는 것 같아서요. 딱 봐도 중원의 무림인들이 사용하는 대도보다 파괴력이 좋아 보이지 않습니까?"

"누가 쓰느냐에 달린 거겠지."

"누가 쓰느냐에 달린 거겠지."

연후와 철우가 동시에 같은 말을 했다.

서백이 다시 웃었다.

"누가 만드느냐에 따라 달라지지 않겠습니까?"

"……."

* * *

혈전이 막을 내린 전장.

그곳에서 약간 떨어진 곳에서 움직이는 자들이 있었다.

그 선두에서 움직이던 청포인에게 한 복면인이 다가갔다.

"대막이…… 퇴각했습니다."

"하면 다 끝났단 말이냐?"

"예. 무슨 일인지는 모르나 세 번째 공격을 시작한 지 얼마 지나지 않아 대원수께서 퇴각 명령을 내렸다고 합니다."

꿈틀.

청포인의 눈썹이 송충이처럼 움직였다.

"우리가 한발 늦었구나."

"큰일입니다. 분명 늦게 도착했다고 크게 진노하실 텐데……."

"명령을 늦게 내린 것은 그분이시다. 나는 새가 아니고서는 이것보다 더 빠를 순 없다."

"그렇긴 하지만……."

"대지존은 어떻게 되었느냐?"

"무사합니다. 이상한 것이 기존의 호위들은 호위장 허도를 제외하고 한 명도 보이지 않았습니다. 대신 철혈가의 고수들이 그들을 대신하여 대지존을 호위했는데, 그중 한 명이 암흑마신이어서 우리와 대막 쪽 살수들이 아예 접근조차 못했다고 합니다."

"빌어먹을……."

청포인의 얼굴이 당혹감으로 인해 붉게 물들었다.

그는 모종의 임무를 부여받고 삭주군 후방을 향해 이동하던 중이었다.

"돌아가야지 않겠습니까?"

"중원으로 다시 돌아갈 순 없다. 이 정도 병력이 움직였는데 목격자 한 명 없겠느냐. 돌아갔다가 정보가 누설되면 고향으로 돌아가지도 못한 채 중원 땅에 뼈를 묻을 수도 있다."

"하면……."

"고향으로 돌아갈 수밖에."

청포인이 천천히 돌아섰다. 그는 어둠 속에서 자신을 바라보며 서 있는 자들을 향해 말을 이었다.

"비밀을 깨고 움직인 이상, 더는 중원에 머무를 수 없게 되었다. 모두 대평원으로 간다."

청포인을 비롯한 사천에 달하는 자들은 대막무림이 수십 년에 걸쳐 중원에 만들어 놓은 비밀 세력이었다.

그중에는 백야벌과 팔대가문에 소속되어 살아온 자들도 있고, 요직을 맡은 자들도 적지 않았다.

그들이 술렁거리기 시작했다. 꽤 많은 자들이 가정을 일구고 있던 까닭에 대평원으로 간다는 청포인의 말은 청천벽력이나 다름없었다.

물론 그렇지 않은 자들이 더 많았다.

한 장한이 물었다.

"정말…… 떠납니까?"

"움직이지 않았다면 누구도 의심하지 못했겠지만, 일단 움직였으니 돌아갔을 때 의심을 피하기란 힘들 것이다. 만에 하나 한 명이라도 의심을 피하지 못하고 발각된다면 대업을 그르칠 수도 있다. 우리가 걸어가야 할 길은 오직 대막의 영광을 위한 길이어야 한다. 하니 그 외의 모든 것은 잊어라."

"하지만 가족들이……."

퇴각하는 대막무림 〈127〉

번쩍!

잘린 머리가 땅으로 떨어졌다.

장한의 목을 벤 청포인이 싸늘히 외쳤다.

"사사로운 연 때문에 대업을 그르치려 한다면 누구라도 용서치 않을 것이다."

우르릉.

갑자기 천둥이 쳤다. 뒤이어 빗줄기가 떨어지기 시작했다.

"삭주군의 방어선을 우회하여 올라간다."

"예."

* * *

북부무림의 북부군단.

쏴아아!

총사 윤회는 쏟아지는 빗줄기를 향해 고개를 쳐들고는 크게 숨을 내쉬었다.

얼굴을 붉게 물들였던 피가 흘러내리는 모습은 마치 그가 피를 흘리는 것 같았다.

부관이자 아들인 윤관이 다가왔다. 그 역시 온몸이 피로 흥건했지만 눈빛은 매섭게 살아 있었다.

그가 격동 어린 눈으로 말했다.

"적이 대평원을 넘어갔습니다, 아버님."

윤회는 묵묵히 고개를 끄덕이며 북쪽을 바라봤다. 조금 전까지 맹렬하게 공격을 해 오던 적들이 갑자기 퇴각했다.

처음에는 아군의 방어망에 막혀 잠시 물러가는 것이라 여겼다. 하지만 정찰에 나섰던 무사들이 적이 완전히 대평원으로 물러갔다는 사실을 확인했다.

'갑자기 왜 퇴각을 했을까?'

윤회는 여전히 믿기지가 않았다.

적은 강력했고, 병력도 거의 십만에 달했다. 한 시진에 걸친 전투에서 상당한 피해를 입었다지만 여전히 막강한 전력을 유지하고 있었다.

그런데 갑자기 물러갔다.

그것이 적랑단이 만들어 낸 결과라는 것을 꿈에도 모르고 있는 윤회로서는 이해가 가지 않는 게 당연했다.

"총사!"

뒤에서 굵직한 음성이 울렸다.

돌아보니 총사 배염이 측근들과 함께 다가오고 있었다.

"주군의 명을 받기가 무섭게 달려왔는데…… 우리가 한발 늦었나 봅니다."

"아니오. 잘 와 주셨소."

"대단하십니다. 북부군단의 전력만으로 적을 물리치다니요. 하하하."

윤회는 그게 아니라는 말을 하려다가 말았다. 목숨을

걸고 용맹하게 싸운 무사들 앞에서 차마 그 말을 할 순 없었던 것이다.

"총사를 뵙습니다."

한 무리의 무사들이 다가왔다.

뇌검과 그가 이끄는 부대원들이었다. 군영에 들어서면서 전투가 끝났다는 말을 들은 뇌검의 얼굴은 진한 아쉬움이 내려앉아 있었다.

"어서 오시게."

"죄송합니다. 저희가 늦었습니다."

"자네들이 늦은 게 아니라 적이 빨리 물러간 것이니 미안해할 거 없네."

윤관이 나섰다.

"빗줄기가 거세니 그만 막사로 드시지요, 아버님."

"아니다. 혹시 모르니 동이 틀 때까지 지켜볼 것이다. 전군에게 자리를 지키라 이르거라."

"예."

윤관이 돌아서자 윤회는 서쪽으로 고개를 돌렸다. 뒤이어 입가에 흐릿한 미소를 머금었다.

'그 사납던 적이 물러갔습니다. 또 어떤 요술을 부리셨습니까, 주군.'

4장
사냥

사냥

쏴아아!

빗속을 헤치며 진군하는 무리가 있었다. 사천성을 떠나 삭주로 향하는 황하수련이었다.

련주 가회는 자신의 옆에서 걷고 있는 복면인을 돌아보며 회심의 미소를 머금었다.

'네놈이 죽을 날도 머지않았다, 이연후.'

복면인은 괴인이었다.

괴인임을 감추기 위해 복면을 씌웠고, 손에도 가죽으로 만든 장갑을 착용시켰다. 또한 목소리마저 제거해서 복면을 벗기지 않는 한 누구도 의심하지 못할 터였다.

'놈을 죽인 다음 적당히 구실을 대고 빠져나가 감숙성에서 십 년만 버티면 된다.'

그리고 그 십 년 동안 괴인들을 최대한 많이 생산한다면 천하를 자신의 것으로 만들 수 있으리라 자신하는 가회였다.

그는 뒤를 따르는 병력을 돌아봤다.

사천성에서의 전투로 절반에 가까운 병력을 잃었지만 조금도 안타깝지 않았다.

'돈이야 차고 넘친다. 병력은 시간이 지나면 얼마든지 보강할 수 있다.'

꽈르릉!

쩌저적!

천둥벼락이 사납게 몰아쳤다.

가회는 멈추지 않고 삭주를 향해 진군했다.

그러기를 얼마나 흘렀을까. 전방에서 황포인 하나가 빗속을 헤치며 달려왔다. 먼저 사정을 살펴보라고 삭주로 보냈던 전령이었다.

"련주, 전투가…… 끝나 버렸습니다."

"뭐라?"

"세 차례 공방 끝에 대막이 물러갔다고 합니다. 그리고 이것을 전해 드리라고……."

전령이 품속에서 연통을 꺼내어 내밀었다.

"대지존이 주신 것이냐?"

"아닙니다. 철혈가주가 련주께 전하라고 했습니다."

연후의 연 자만 들어도 살기가 치솟는 가회였다. 그는 전령이 건넨 연통을 열고 안에 들어 있던 서찰을 꺼내 펼쳤다.

대막이 물러갔으니 삭주로 오지 말고 북동쪽에 위치한 대동으로 가시오. 그곳에서 백야벌의 주둔군을 도와 대막의 남침을 경계토록 하시오. 이는 대지존의 대리자로서 내리는 군령이오.

바르르…….
'이런 빌어먹을 놈이…….'
살광을 머금어 가던 가회의 눈동자가 한순간 가늘어진 것은 아래쪽에 적혀 있는 글귀를 보았을 때였다.

병력을 먼저 대동으로 보내고, 련주는 삭주 군영에 들러 대지존을 뵙고 떠나도록 하시오.

'나만 오라고?'
의심이 많은 가회는 코웃음을 쳤다.
'감히 누구 앞에서 잔꾀를…….'
가회는 전령에게 말했다.
"다시 가서 전하거라. 사정이 여의치 않아 곧장 대동으로 갈 것이니 너그러이 이해해 달라고 말이다."

"지금의 철혈가주는 대지존의 대리자로 임명된 상태입니다. 응하지 않으시면 대지존의 명을 어긴 것에 상응하는 처벌을 받게 될 텐데…… 가셔야지 않겠습니까?"

측근의 말에 가회는 고민에 빠졌다.

이전이었다면 백야벌이라 한들 무서워할 그가 아니었으나, 힘을 잃은 지금의 황하수련은 백야벌을 적대하고선 살아남을 수 없었다.

지금 백야벌의 비호가 사라진다면 북부무림을 비롯한 다른 팔대가문은 황하수련을 집어삼키기 위해 당장이라도 덤벼들 터였다.

"……백 명 정도는 나와 함께 간다."

"알겠습니다."

가회는 괴인을 돌아봤다.

'저놈이 있으면 무슨 수작을 부려도 내가 당하는 일은 없을 테지.'

그는 괴인을 철석처럼 믿었다.

잠시 후 황하수련의 최고 고수들이 그의 곁으로 다가왔다.

가회는 그들을 향해 힘주어 말했다.

"그곳에 철혈가주, 그놈이 있다. 만에 하나 놈이 허튼 수작을 부리려 한다면 목숨을 걸고서라도 나를 지켜야 한다. 알겠느냐?"

"예, 련주."

* * *

쏴아아!

비바람이 사납게 몰아치는 절벽의 끝.

그곳에 연후가 서 있었다.

"가회가 올까요?"

"새외와의 전쟁이 끝난 후 가회는 세력을 회복할 때까지 백야벌에 중재를 요청하여 시간을 벌려고 할 거다. 그러니 대지존의 명을 어겨 팔대가문의 자리를 박탈당하는 최악의 경우가 두려워서라도 놈은 반드시 온다."

"그렇겠군요."

그때였다.

백무영과 악소, 서백, 육손이 뒤에서 다가왔다. 그런 그들의 손에 대막무림의 고수들이 사용하던 반월도가 들려 있었다.

"주군, 이걸 쓰시면 될 것 같습니다."

서백이 뭔가를 건넸는데 펼쳐 보니 복면이었다. 서백이 반월도 한 자루도 건넸다.

"제일 그럴듯한 것으로 가져왔습니다."

연후는 반월도를 이리저리 살폈다. 확실히 중원의 대도와는 느낌부터가 달랐다. 그러고 보니 너 나 할 것 없이 분신과도 같은 애병을 지니고 있지 않았다.

"사냥할 준비가 다 되었나 보군."

뒤에서 신휘가 나타났다.

그 역시도 반월도를 들고 있었고, 천여 명의 혈왕군도 대막무림의 복장에 반월도를 들고서 뒤를 따라오고 있었다.

퐈르릉!

쩌저적!

뇌전이 떨어져 주변을 대낮처럼 밝혔다.

복면에 반월도를 든 모습은 영락없는 대막무림의 고수들이었다.

끼아악!

"육손, 시작해라."

"옙!"

육손이 독수리를 날려 보냈다.

빗속을 뚫고 어둠을 가르며 날아오른 독수리가 돌아온 것은 한 식경쯤 후였다.

독수리와 대화를 나누는 것처럼 이상한 말을 외던 육손이 연후를 돌아보며 활짝 웃었다.

"놈들을 찾았습니다. 대략 백여 명이 이곳을 향해 올라오고 있고, 나머지는 대동 쪽으로 움직이고 있습니다."

연후는 천천히 복면을 썼다.

"그만 가 볼까?"

독수리가 다시 날아오르자 모두는 빗속을 뚫고 어둠 속으로 몸을 날렸다.

그런데 얼마 가지 못하고 문제가 생겼다. 독수리가 너무 직선으로 움직이는 바람에 이동에 애를 먹게 된 것이다. 산을 넘고, 절벽을 건너뛰고 하는 식이었다.

서백이 육손을 향해 투덜거렸다.

"저 자식이 우리도 독수리라 생각하는 거 아니냐? 뭘 좀 지형을 봐 가면서 안내를 안 하고."

"아직 그 정도까지는 아니잖아요. 그러니 지옥수련이라 여기세요."

"놈을 잡기도 전에 우리가 먼저 퍼지겠네. 쳇!"

딱!

철우가 서백의 뒤통수를 후려갈겼다.

"군소리 말고 앞이나 잘 봐."

"……예."

쏴아아!

빗줄기가 점점 더 사납게 변해 갔다.

강풍까지 더해지면서 숨조차 쉬기 어려웠지만 연후는 오히려 이런 환경을 반겼다. 굳이 기척을 감추기 위해 애를 쓰지 않아도 되어서였다.

그렇게 얼마나 이동했을까?

독수리가 비행을 멈추더니 한자리를 빙빙 돌기 시작했다. 보나마나 그 아래에 가회가 있으리라.

연후는 주변을 먼저 살폈다. 그리고 적당한 장소를 발견하고는 신휘에게 말했다.

"혈왕군은 저곳에 매복을 하면 되겠군."

"그러지."

신휘와 혈왕군이 숲으로 들어갔다.

연후는 모두를 향해 주의를 줬다.

"몇 놈은 살려서 돌려보내야 한다. 그리고 가급적 평범한 초식을 사용하도록 하고."

"알겠습니다."

"옙!"

대막무림의 소행임을 알리기 위해서는 반드시 목격자를 남겨 놓을 필요가 있었다. 또한 자신들의 무공을 숨겨 정체가 드러나는 일은 회피해야 했다.

팟!

연후는 근처의 암벽 위로 올라섰다.

철우가 그와 함께했고, 다른 이들은 각각 다른 곳에 포진했다.

잠시 후, 어둠을 헤치며 모습을 드러내는 자들이 있었다.

대략 백여 명쯤 될까? 연후는 한눈에 선두에서 걸어오는 가회를 알아보았다.

'오늘로 황하수련도 끝이다.'

* * *

휘이잉!

쏴아아!

'망할 놈의 날씨.'

가회는 비바람을 헤치며 북쪽을 향해 움직였다.

복면을 뒤집어쓴 괴인이 그의 곁에 바짝 붙어서 이동했고, 다른 자들은 적당한 간격을 두고 사방을 경계했다.

중원의 영역임에도 이렇듯 경계에 만전을 기하는 것은 가회의 소심함 때문이었다. 그는 스스로를 철두철미하다고 여기고 있지만 다른 이의 눈에는 예민하고 소심해 보일 뿐이었다.

'기회를 봐서 놈을 죽일 수 있으면 죽이고야 만다.'

가회는 오직 연후를 죽일 생각뿐이었다.

그를 죽일 수만 있다면 괴인 하나쯤은 얼마든지 포기할 수 있었다. 괴인이야 또 만들면 그뿐이니까.

"아직 멀었느냐?"

"현재 속도로 두 시진쯤 더 가면 도착할 것 같습니다."

"아직도 그 정도나 남았단 말이냐?"
"속도를 올리겠습니까?"
"경공으로 이동한다."
"알겠습니다. 모두 경공으로 이동한다!"
파파팟!
그들은 일제히 속도를 올렸다.
그러기를 오십 장쯤 이동했을 때, 빗줄기를 헤치며 뭔가 날아왔다. 서백이 날린 화살이었다.
평소였다면 대번에 파악이 되었겠지만 거센 비바람이 파공성을 삼키는 바람에 화살이 머리 위까지 날아들 동안에 눈치를 챈 자가 아무도 없었다.
가장 먼저 눈치를 챈 것은 괴인이었다.
괴인이 손을 뻗어 화살을 움켜쥐었다.
그 순간.
쾅!
폭음과 함께 불꽃이 일며 괴인을 뒤로 밀어냈다. 어지간한 고수라면 모르고 당했으니 백번 죽어 마땅했겠지만 괴인은 장포 곳곳이 찢어지는 것에 그쳤다.
"련주! 암습인 것 같습니다!"
"암습이다! 모두 호위 대형으로 전환해라! 어서!"
황하수련의 고수들이 신속하게 간격을 좁히며 가회의 주변을 에워쌌다.

그때 또다시 화살이 날아들었고. 가장자리에 포진해 있던 이의 머리를 날려 버렸다.

쾅!

"크악!"

가회는 검을 뽑으며 안광을 번뜩였다.

'이연후, 그놈일까?'

자신들이 있는 곳이 중원의 영역이라 가장 먼저 연후가 의심이 가는 것은 당연했다.

그때였다.

퍽퍽!

둔탁한 소리에 이어 또 다른 고수 두 명이 비명조차 지르지 못하고 꼬꾸라졌다.

"살수다! 간격을 더 좁혀라!"

"저기다!"

콰지직!

황하수련의 고수들이 좌측의 숲을 향해 공격을 퍼부었다. 뒤이어 한 명이 확인을 하기 위해 숲으로 뛰어들었다가 목이 날아갔다.

퍽!

"크악!"

그 와중에도 가회는 괴인의 상태를 살폈다.

장포가 찢어지고 살이 드러났지만 복면 밖으로 드러난

눈빛과 장갑은 아무런 이상이 없었다.
 가회는 주문을 읊조렸다.

나를 지켜라.

 해석하면 이런 말이었다.
 목소리를 잃어버린 괴인이 가회의 곁으로 다가왔다.
 콰콰쾅!
 좌측, 우측에서 세 번의 폭발이 일었다. 하지만 한 번 당했던 덕분인지 죽어 나간 자는 없었다.
 "대형을 깨려는 수작이니 동요하지 말고 자리를 지켜라!"
 가회는 공력을 끌어올려 주변을 날카롭게 살폈다. 그러다가 안광을 번뜩인 것은 어둠 속에서 모습을 드러내는 복면인들을 보았을 때였다.
 '대막 놈들인 어떻게 이곳까지……..'
 "련주, 대막 놈들입니다!"
 "숫자가 얼마 되지 않는 것 같으니 속하들이 나가서 처치하겠습니다!"
 "허락한다."
 이십여 명의 황하수련의 고수가 뛰쳐나갔다.
 그때였다.

번쩍!

빗줄기를 증발시켜 버릴 것 같은 화염이 일어나 황하수련의 고수들을 덮쳤다.

슈아악!

쾅!

"크악!"

"우악!"

두 명이 비명을 내지르며 쓰러졌고, 다른 자들이 화염을 피해 간격을 벌려 갈 때 좌우측 숲에서 섬광이 일었다.

퍼퍽!

"으악!"

"크아악!"

가회의 곁에 서 있던 자가 두 눈을 부릅뜨며 외쳤다.

"련주! 엄청난 고수들입니다!"

가회의 눈에서 살광이 일었다.

그는 괴인을 돌아보며 공격할 것을 명령했다. 상대의 숫자가 적으니 굳이 자신을 지킬 이유는 없다고 판단한 것이다.

주문이 끝나자 괴인이 가회를 곁을 떠나 앞으로 나섰다. 그런 괴인을 향해 한 줄기 강맹한 기운이 날아들었다.

쾅!

 스치기만 해도 육신을 갈기갈기 찢어 낼 것 같던 강맹한 기운이 괴인의 손짓 한 번에 하얀 연기를 일으키며 소멸되었다.

 뒤이어 괴인이 우측 숲으로 뛰어들었다.

 가회는 이를 드러내며 웃었다.

 '지옥을 보여 주마.'

* * *

 괴인이 뛰어든 곳에는 백무영이 있었다.

 막 숲을 나서려던 백무영은 자신을 향해 달려드는 괴인을 발견하고는 반월도를 휘둘렀다.

 괴인이 손으로 반월도를 후려치려 하자 어이가 없었다.

 "미친……."

 꽝!

 결과는 경악으로 이어졌다.

 마치 쇳덩어리를 후려친 것 같은 강력한 충격에 백무영은 미간을 찡그렸다.

 그때 괴인이 다시 달려들었다.

 복면을 하고 장갑까지 끼고 있어서 괴인임을 알 수 없

었던 백무영은 피하지 않고 되레 정면으로 달려들었다.

꽈광!

두 번의 연이은 공격이 또다시 괴인의 손짓에 막혀 버리자, 백무영은 허수를 섞어 괴인의 시선을 현혹시키고는 좌수로 조공을 펼쳐 얼굴을 공격했다.

찌직!

복면이 찢어지며 드러난 얼굴.

틀림없는 괴인이었다.

'이놈이 어떻게······.'

놀람은 잠시였다. 백무영은 내면에서 무인의 무혼(武魂)이 활활 타오르기 시작했다.

"네놈이 그렇게 강하단 말이지?"

그때였다.

"형님!"

서백이 뛰어들었다.

"이놈은 내가 상대한다."

"······형님."

"물러서라, 서백."

서백은 말려도 소용이 없음을 깨달았다. 한 번 타오른 백무영의 무혼은 말린다고 될 게 아님을 누구보다 잘 알고 있는 그였다.

'아무리 형님이라도 혼자서는 무리다.'

쾅!

서백은 곧장 숲을 빠져나갔다.

마침 매복하고 있던 혈왕군이 숲을 뛰쳐나와 황하수련의 고수들을 공격하기 시작했다.

콰콰콱!

까가강!

"크악!"

"으아악!"

서백은 연후를 찾았다.

"주군!"

막 황하수련의 고수들을 향해 뛰어들려 했던 연후는 서백의 외침에 뒤를 돌아봤다.

"저곳에 괴인이 있습니다!"

"……!"

"무영 형님이 지금 괴인하고 싸우고 계십니다!"

"괴인이 틀림없나?"

"예! 그때 그놈이 틀림없습니다!"

표정을 굳힌 연후는 고개를 돌려 가회를 바라봤다.

'혹시 괴인을 조종할 방법을 찾아낸 건가? 그래서 놈을 데리고 왔다면……'

"철우!"

"예, 주군."

"가서 무영을 도와라!"

"알겠습니다."

철우가 백무영이 있는 곳으로 바람처럼 날아갔다. 연후는 다시 가회를 바라봤다.

"먼저 확인을 해 볼 필요가 있겠군."

"뭘 말입니까?"

"너는 상황을 지켜보고 있다가 내가 가회를 쫓아가면 악소들과 함께 나를 찾아오너라. 또한 무영과 철우에게도 괴인이 도주하면 무리하지 말고 그냥 뒤만 쫓으라고 전해라."

"……예."

서백은 도대체 무슨 말을 하는지 이해가 가지 않았지만 연후를 믿었기에 고개를 끄덕였다.

* * *

"이런……."

가회의 얼굴이 무참히 일그러졌다.

몇 명에 불과한 줄 알았는데, 난데없이 천여 명에 달하는 자들이 더 나타나면서 순식간에 대위기에 빠져 버리고 만 것이다.

"련주! 속히 이곳을 빠져나가야 합니다! 적의 수가 너

사냥 〈149〉

무 많습니다!"

"속하들이 뒤를 막을 테니 속히 빠져나가십시오!"

이미 가회의 측근들은 상황을 비관적으로 보고 있었다. 하나같이 고르고 고른 고수들이라도 열 배에 달하는 수적 열세는 감히 극복할 수 없는 것이었다.

가회도 어쩔 수 없었다. 퇴로가 막히기 전에 속히 이곳을 빠져나가지 못하면 천추의 한을 남길 수도 있었다.

가회는 품속에서 쇠로 만든 호각을 꺼냈다.

괴인이 멀리 떨어져 있을 때 소통이 가능하게끔 특수하게 제작된 호각이었다.

삐익! 삐익!

호각을 분 가회는 측근들을 돌아보며 외쳤다.

"삭주 군영으로 가겠다. 뒤를 부탁하마."

"염려 마시고 속히 떠나십시오!"

가회는 최측근 두 명과 함께 전장을 빠져나갔다. 다행스럽게도 혈왕군이 미처 사방을 포위하지 못한 까닭에 그는 북쪽 숲으로 뛰어들 수 있었다.

가회는 북쪽을 향해 전속력으로 달리다가 추격해 오는 이들이 없음을 확인하고는 속도를 늦췄다. 괴인을 기다려야 하는 탓이었다.

여기서 더 멀어지면 괴인과의 소통이 불가능해지기 때문에 가회는 초조함을 금치 못했다. 그는 한시가 바쁜 상황임에도 차마 발을 뗄 수 없었다.

"련주! 빨리 이곳을 벗어나셔야 합니다!"

"놈을 기다려야 한다. 놈이 곧 우리 황하수련의 미래다!"

"하지만 추격을 허용하면 련주께서 위험해지십니다! 독인이야 더 만들면 되지 않습니까! 하니 속히 움직이십시오!"

맞는 말이었다.

그럼에도 가회는 쉽사리 포기할 수 없었다.

'놈이 없으면 모든 것을 처음부터 다시 시작해야 한다. 그 시간을 줄이려면 반드시 놈이 있어야 한다. 놈이 있으면 시간을 반으로 줄일 수 있다.'

가회의 나이가 벌써 쉰을 넘었다. 천하패권을 잡아도 무릎에 핏기가 있을 때 잡아야지, 다 늙은 영감이 된다면 무슨 소용이 있을까.

가회는 결코 그러고 싶지 않았다.

그는 다시 호각을 불었다.

삐익! 삐익!

'설마 당한 건 아니겠지.'

불길한 생각에 가회는 지그시 입술을 깨물었다.

그러기를 반각쯤 지났을 때, 수풀이 흔들렸다.

두 측근이 잔뜩 긴장하며 가회의 앞을 막아설 때 괴인

이 숲을 헤치고 나타났다. 장포 곳곳이 찢어졌지만 눈빛을 보니 지극히 온전한 상태임이 확실했다.

"후우……."

가회의 입에서 안도의 숨이 흘러나왔다. 하지만 그것도 잠깐에 불과했다.

파파팟!

숲을 뛰어넘는 네 명의 복면인이 있었다. 그들은 괴인이 가회의 곁에서 움직임을 멈추자 간격을 벌리며 가회 일행을 압박했다.

가회의 눈에서 살광이 일었다.

"평원의 오랑캐 따위가 감히 내가 누군지 알고……."

가회는 복면인들을 죽이고 떠날 심산이었다. 그는 재빨리 괴인을 향해 주문을 중얼거렸다.

놈들을 죽여라.

그러자 괴인의 눈에서 다시 혈광이 일어나며 복면인들을 향해 다가서기 시작했다.

"너희들도 도와라!"

"예!"

가회의 두 측근도 복면인들을 향해 다가갔다.

가회는 뒤에 물러선 채 차갑게 웃었다. 그러다가 불현

듯 이상한 느낌에 사로잡혔다.

'누가 저놈의 복면을 벗겼지?'

괴인의 얼굴을 가렸던 복면이 벗겨져 있음을 비로소 깨달은 가회였다. 또한 찢어진 장포 사이로 드러난 속살이 붉게 물들어 있는 것까지.

그저 괴인이 돌아왔을 때, 안도하는 마음에 간과했던 것들을 깨닫게 된 가회는 공력을 이용해 주변을 살폈다.

하지만 눈앞의 복면인들 말고는 걸려 드는 기운은 없었다.

그때였다.

꽈과광!

콰지직!

싸움이 시작되었다.

가회가 두 눈을 부릅뜬 것은 싸움이 시작되기가 무섭게 자신을 향해 벼락같이 날아오는 한 복면인을 보았을 때였다.

가회는 수중의 검을 복면인을 향해 던졌다. 허공을 가르며 날아간 검은 복면인의 방어에 막혀 튕겨 날아갔다가 다시 그의 손으로 돌아갔다.

어검술의 일종이었다.

가회는 복면인을 향해 싸늘히 외쳤다.

"지금 본 좌를 상대할 여유가 없을 텐데?"

복면인은 대꾸 없이 재차 달려들었다.

반월도가 수십 개의 잔상을 남기며 떨어져 내렸다. 가회는 상대의 실력이 결코 무시하지 못할 수준임을 간파하고는 눈빛을 가라앉혔다.

꽈과광!

순식간에 세 번의 공방이 이어졌다.

'이놈…… 엄청난 고수다!'

가회는 경악을 금치 못했다.

그 와중에도 복면인의 반월도는 쉴 틈을 주지 않고 가회의 전신을 노리며 날아들었다.

꽈과과광!

또다시 네 번의 공방이 이어졌고, 가회는 검을 통해 전해지는 강력한 충격에 인상이 일그러졌다. 복면인의 공격은 엄청난 속도와 위력을 담고 있었다.

하지만 가회도 한 가문의 수장으로서의 면모를 충분히 발휘하며 복면인의 공격을 막아 냄과 동시에 반격을 가했다.

그 와중에 가회는 괴인이 있는 곳을 살폈다.

그때였다.

"으악!"

"크악!"

가회의 두 측근이 목이 날아갔다. 동시에 또 다른 복면인이 가회를 향해 날아왔다.

가회는 눈빛을 떨었다.

'아직까지 한 놈도 죽이지 못했다니……'

번쩍!

슈아아악!

반월도가 강기와 함께 날아들자 가회는 신법을 이용해 뒤로 빠지면서 또다시 검을 날렸다.

하지만 먼저 그를 상대하고 있었던 복면인이 그의 검을 쳐 내는 바람에 반격은 무위에 그치고 말았다.

'내가 당할 수도 있다.'

가회는 위기감에 휩싸였다.

이제 남은 것은 자신과 괴인뿐.

가회는 괴인이 두 복면인을 처치하고 자신에게로 돌아올 때까지 눈앞의 두 복면인을 감당할 확신이 서지 않았다.

그렇다면 방법은 하나뿐이었다.

가회는 다시 호각을 꺼내어 불었다.

삐익. 삐익. 삐익.

호각성의 간격이 공격을 명령할 때와는 미묘한 차이가 있었다.

콰쾅!

괴인이 두 복면인을 향해 맹공을 퍼붓고는 가회의 옆으

로 떨어져 내렸다.

그러자 가회를 상대했던 두 복면인이 뒤로 물러서며 다른 두 복면인과 나란히 섰다. 그중 하나가 가회를 향해 싸늘히 외쳤다.

"오늘 너는 이곳에서 죽는다, 가회."

그러면서 간격을 벌려 가회와 괴인을 에워싸는 복면인들이었다.

가회는 괴인을 향해 주문을 읊조렸다.

나를 지켜라.

화아악!

괴인의 전신에서 강력한 마기가 흘러나오며 핏빛 안개로 바뀌었다.

괴인은 가회를 보호하겠다는 듯 그의 앞을 막아서며 두 손을 천천히 들어 올렸다. 그러자 핏빛 안개가 하나의 거대한 방어막을 형성하며 괴인과 가회의 전신을 휘어 감았다.

"어디 따라와 볼 테면 따라와 보거라."

쾅!

가회는 땅을 박차고 뛰어올랐다.

그러고는 삭주 군영이 있는 북쪽을 향해 전속력으로 달

리기 시작했다.

　괴인이 그의 곁을 바짝 따라붙었다.

　괴인과 함께 싸우면 넷 정도는 충분히 죽일 수 있을 자신이 있었지만 가회는 보다 안전한 길을 선택했다.

　'삭주 군영과 가까워지면 그곳에서 갈기갈기 찢어 죽여주마.'

　그때였다.

　번쩍!

　전방에서 한 줄기 빛이 일었다.

　그것을 본 가회는 호신강기를 일으킴과 동시에 괴인의 뒤로 빠졌다.

　빛은 그대로 괴인을 강타했다.

　쾅!

　괴인이 뒤로 밀리며 가회를 향해 날아왔다.

　가회는 재빨리 손을 뻗어 괴인과의 충돌을 피하고는 전방을 바라봤다. 전방의 숲에서 복면인 한 명이 모습을 드러내고 있었다.

　가회의 두 눈이 세차게 흔들렸다. 조금 전의 한 수만으로 상대가 얼마나 강한 고수인지 충분히 깨달은 가회였다.

　'이놈을 일격에 뒤로 밀어내다니…….'

　내심 경악을 금치 못하던 가회의 두 눈이 돌연 찢어질

듯 커졌다.

전방에서 나타난 복면인이 복면을 벗은 것이다.

"네, 네놈이 어떻게……."

연후는 경악을 금치 못하는 가회를 향해 천천히 다가섰다.

"저 괴물을 믿고 사천성을 떠나 삭주로 올라오려고 했나? 나를 죽이기 위해서?"

가회는 한순간 아무 말도 할 수 없었다. 연후가 이곳에 나타난 것은 상상조차 못했던 일이었다.

'작정하고 나를 기다리고 있었을 줄이야.'

가회는 위기감에 휩싸였다.

"내가 정체를 드러낸 것이 무엇을 의미하는지 모르진 않을 터. 하면 순순히 항복하는 게 좋지 않을까? 목숨이라도 부지하려면 말이야."

"닥쳐라, 이놈!"

"저놈이 언제까지 너를 지켜 줄 수 있을까? 이 위기를 벗어나려면 여기 있는 우리를 모두 죽여야 할 텐데, 과연 그게 가능할까? 놈이 네 곁을 벗어나는 순간 너부터 죽는다, 가회."

바르르…….

가회의 얼굴이 경련을 일으켰다.

지금 연후는 자신의 약점을 정확하게 꿰뚫어 보고 있었

다. 또한 연후가 자신을 드러낸 것은 괴인의 존재를 알고 있으면서도 그만큼 자신이 있다는 것을 의미했다.

하지만 그것보다 더 불안한 것은 연후가 모습을 드러낸 위치였다.

'설마 지금까지 모든 것을 지켜봤단 말인가?'

연후가 모습을 드러낸 숲은 자신보다 먼저 이곳에 와 있어야만 가능한 위치였다.

'아……'

절체절명의 위기에 가회는 머릿속이 텅 비어 버린 느낌이었다. 뭔가 수를 찾아내야 했지만 아무것도 생각할 수가 없었다.

'어떻게 이럴 수가 있단 말인가. 어떻게…….'

가회는 울부짖고 싶은 심정이었다.

괴인을 조종할 방법을 찾아내었을 때, 이제 천하패권이 자신의 손에 들어온 것이나 다름없다며 기뻐했던 날이 불과 며칠 전이었다.

연후를 죽이기 위해 삭주로 올라올 때는 곧 있으면 원수를 갚을 수 있다는 생각에 한껏 들떠서 밤잠까지 설쳤던 가회였다.

그런데 현실은 벗어날 수 없는 절망의 구렁텅이가 아가리를 크게 벌린 채 자신이 빠져들기만을 기다리고 있었다.

사냥 〈159〉

이제 결정을 해야만 했다.

죽을지언정 끝까지 싸울 것인지, 아니면 항복을 해서 목숨을 부지할 것인지.

평소였다면 고민할 것도 없이 후자를 택했을 것이다. 후일을 도모할 기회만 얻을 수 있다면 한순간의 치욕 따위는 아랑곳하지 않을 가회였다.

하지만 상대가 연후라는 것이 마음에 걸렸다. 항복을 한다고 해서 과연 그가 자신을 살려 둘지 확신이 서지 않았다.

그때였다.

"살려 주면 언젠가는 등 뒤에 칼을 꽂으려 들 놈입니다. 그냥 죽이시죠, 주군."

"저 역시 같은 생각입니다."

백무영과 악소, 철우가 차례로 복면을 벗었다. 마지막 한 사람, 서백은 나무 위로 올라가 교전이 벌어지고 있는 곳을 바라봤다.

"저쪽은 다 끝난 것 같습니다, 주군!"

* * *

연후는 가회의 옆에 장승처럼 서 있는 괴인을 응시했다.

'한번 시험해 볼까?'

그는 즉각 괴인에게 전음성을 날렸다. 가회가 괴인에게 공격을 지시할 때 읊조렸던 주문이었다.

팟!

괴인이 돌연 악소와 백무영이 서 있는 곳으로 몸을 날렸다.

"엇!"

돌연한 상황에 가장 놀란 것은 가회였다.

그는 황급히 돌아오라는 주문을 외쳤다. 그러자 괴인은 허공에서 몸을 비틀어 가회의 곁으로 돌아왔다.

씨익.

연후는 싸늘히 웃었다.

"이렇게 조잡할 수가 있나. 주문만 알면 아무나 놈을 부릴 수 있다니 말이야."

"……!"

"이렇게 되면 굳이 널 살려 둘 이유가 없을 것 같군."

가회는 심장에 칼이 박히는 것 같은 충격에 휩싸였다. 연후의 말에 의하면 조금 전 괴인의 돌발 행동은 그가 주문을 통해 괴인을 움직였다는 것을 의미했으니까.

'이놈…… 저 숲에서 내가 주문을 외는 것을 지켜보고 있었구나!'

치르륵.

연후의 반월도에 강기가 거미줄처럼 얽히며 요동치기

시작했다.

"자, 잠깐!"

"이미 늦었다, 가회."

"나, 나는 저런 강력한 놈을 만들 방법을 알고 있다! 그, 그것만 있으면 백야벌을 무너뜨리고 천하패권을 거머쥘 수 있다! 너도 저놈의 위력을 똑똑히 보았지 않느냐!"

연후는 무시하고 계속 다가갔다.

가회는 계속해서 발악을 하듯 외쳐 댔다.

"가까이 오지 마! 더 다가오면 놈으로 하여금 너와 동귀어진을 하라고 명령을 내릴 것이다!"

"누구의 명령을 듣는지 시험을 해 볼까?"

"……!"

"한 세력의 주군답게 깨끗하게 가라, 가회."

"이, 이이……."

뒤로 물러서는 가회의 몸에서 강력한 마기와 함께 붉은 기운이 흘러나왔다.

바로 그때, 한 줄기 빛이 가회의 목을 스치고 지나갔다. 뒤이어 가회의 목이 땅으로 떨어졌다.

툭!

가회의 목을 벤 이는 철우였다.

연후는 즉각 괴인을 향해 움직이지 말라는 명령을 내렸다.

모두가 연후의 곁으로 다가왔다.

서백이 뛰어내리며 괴인을 향해 감탄을 터트렸다.

"와! 가까이서 보니 더 신기하네. 그럼 이제 이놈은 우리 편이 된 겁니까?"

딱!

철우가 서백의 머리를 한 대 쥐어박고는 연후에게 물었다.

"가회를 손에 넣으면 엄청난 힘을 얻을 수 있었을 텐데…… 왜 생각을 바꾸신 겁니까?"

모두가 철우와 같은 생각이었다.

연후는 담담히 대답했다.

"아무리 대업이 중요하다 해도 이런 마물의 힘을 빌릴 생각은 추호도 없다."

"하면 이놈도 없애실 겁니까?"

"물론이다. 하지만 지금은 아니다."

"그럼……."

"아직 두 놈이 더 남아 있다. 놈들이 나타났을 때를 대비하자면 데리고 있는 게 좋겠지."

서백이 이해할 수 없다는 표정으로 물었다.

"다른 놈들이 나타나도 주문을 알고 계시니 걱정할 필요가 없을 것 같은데……."

"이 주문이 다른 놈들에게 통하지 않을 수도 있음을 염두에 둬야 한다. 물론 통하면 다행이겠지만……."

연후는 말끝을 흐리며 눈빛을 발했다. 뒤이어 괴인을 향해 주문을 외고는 명령을 내렸다.

"저 숲에 있는 놈을 공격해라."

쾅!

명령이 떨어지기가 무섭게 괴인은 땅을 박차고 뛰어올라 좌측 숲으로 넘어갔다.

서백이 눈이 동그래졌다.

"누가…… 있었습니까?"

연후는 대답하지 않고 좌측 숲으로 향했다.

이미 숲 너머에서 싸우는 소리가 흘러나오기 시작했다.

콰쾅!

콰지직!

잠시 후, 연후와 모두는 괴인의 공격에 연신 뒤로 물러서는 한 대막인을 볼 수 있었다.

연후는 그를 보며 싸늘히 웃었다.

"여기까지 쫓아왔군."

"아는 놈입니까?"

"전장에서부터 나를 노렸던 놈이다."

괴인과 싸우는 자는 대막인으로 변장을 한 혈강시 삼호였다.

"엄청나게 강한 놈입니다."

모두가 놀란 표정으로 삼호를 바라봤다.

그는 무시무시한 괴인을 상대로 엄청난 무력을 발휘하고 있었다. 연신 뒤로 밀리면서도 때때로 가하는 반격은 무서울 만큼 빠르며 파괴적이었다.

하지만 역시 괴인은 괴인이었다.

쾅!

결국 가슴에 일격을 허용한 삼호가 한참을 뒤로 날아가 바위와 부딪치고는 맥없이 쓰러졌다.

서백이 혀를 내둘렀다.

"끝났네요."

"아직 아니다."

"……예?"

다시는 일어서지 못할 줄 알았던 삼호가 벼락같이 일어서더니 뒤쪽으로 몸을 날렸다. 도주를 선택한 것이다.

하지만 삼호는 얼마 가지 못하고 멈춰야 했다. 어느새 연후가 앞을 막아선 탓이었다.

'같이 죽는다!'

순간 삼호의 전신에서 강력한 열기가 뻗쳤다. 뒤이어 연후를 향해 육탄돌격을 감행했다.

동귀어진의 수법이었다.

"주군!"

백무영 등이 놀라서 뛰어오를 때, 연후의 몸에서 황금

빛 빛줄기가 가시처럼 돋아났다.

 수십 개의 황금빛 가시는 삼호의 전신을 고슴도치로 만들어 놓았다.

 퍼퍼퍼퍽!

 금강벽과 혈마진기를 이용한 신공이 두 번째 발휘되는 순간이었다.

 털썩!

 그대로 앞으로 꼬꾸라진 삼호는 몇 차례 펄떡이다가 이내 축 늘어졌다. 그런 삼호의 머리 위로 괴인이 떨어져 내렸다.

 퍼석!

 "그만."

 연후의 한 마디에 괴인은 모든 움직임을 멈추고 그 자리에 장승처럼 얼어붙었다.

 "적혼이 보낸 혈강시였군."

 "그걸 어떻게 아십니까?"

 "혈가의 어떤 놈이 그러더군. 이놈들 때문에 자신들이 소모품으로 전락했으니 꼭 죽여 달라고 말이야."

 연후는 괴인을 돌아봤다.

 싸우지 않을 때의 눈빛은 다소 음산하기는 해도 평범한 사람과 크게 차이가 없었다. 복면에 옷만 그럴듯하게 입혀 놓으면 의심을 피하는 건 어렵지 않아 보였다.

"놈에게 새 옷과 복면을 입히고 군영으로 데려간다."
"이놈한테 맞을 만한 옷이……."
딱!
철우가 서백의 머리를 쥐어박으며 말했다.
"혈왕군 중에 덩치가 큰 친구가 있을 테니 가서 벗겨 오면 되잖아."
"으…… 알겠습니다."
서백이 혈왕군이 있는 곳으로 몸을 날렸다.
백무영이 물었다.
"가회의 죽음으로 황하수련이 무주공산이 되어 버렸는데, 마땅히 우리가 취해야지 않겠습니까?"
"아직은 때가 아니다. 새외와의 전쟁이 벌어지고 있는 현시점에서 섣불리 취하려고 들었다가는 추후 백야벌을 비롯한 공공의 적이 될 수도 있다."
"……."
"그렇다고 그냥 방치했다가는 엉뚱한 세력에게 흡수될 수도 있으니 최소한의 안전장치 정도는 마련을 해 둬야겠지."
"어떻게 말입니까?"
연후는 말없이 한 사람을 떠올렸다. 검가의 가주가 된 북궁천이었다.
"남부무림이 황하수련을 병합한다면 서문회와 다른 가

문들도 이의를 품지 못할 것이다."

 남부무림이 황하수련을 병합할 명분은 차고 넘쳤다. 이미 이전에 전면전을 벌였고, 그 와중에 검신을 잃었으니 누구도 이의를 제기하지 못할 것이다.

 '물론 알맹이는 우리 북부가 취한다.'

* * *

 두두두!

 여명이 드리우기 시작한 대평원에 거대한 먼지구름이 일어났다.

 핏빛 늑대가 그려진 깃발을 휘날리며 질풍처럼 남하하는 적랑단의 위용 앞에 세상을 붉게 물들이던 여명조차도 빛이 바래졌다.

 관백은 장벽처럼 솟아 있는 산맥을 바라보며 수하들을 독려했다.

 "조금만 더 달려가면 주군이 계신다! 다들 힘을 내라!"
 "단주! 적들이 계속 쫓아오옵니다!"
 "우리는 임무를 완수했다! 무시하고 달려라!"
 "예!"

 적랑단을 쫓는 무리가 있었다. 황도에서부터 적랑단을 쫓아 온 대막의 기병들이었다.

그들은 맹렬히 적랑단을 추격했지만 서서히 거리가 벌어지고 있었다. 지구력에서는 천하제일이라는 대평원의 전마들도 주인들과 함께 숱한 전투를 치르면서 단련된 적랑단의 전마들을 따라잡을 수는 없었던 것이다.

관백은 전방을 바라봤다. 장벽처럼 솟아오른 산맥의 초입에 깃발이 보이기 시작했다.

'적인가?'

거리 때문에 피아의 식별이 불가했던 관백은 허리춤에 손을 가져가며 전방을 주시했다.

그러기를 얼마나 지났을까?

관백의 입가에 미소가 떠올랐다. 깃발을 수놓은 혈왕(血王)이라는 두 글자를 본 것이다.

'이러면 생각을 달리할 수밖에.'

관백은 방향을 틀었다.

"반격한다!"

"반격한다! 말머리를 돌려라!"

두두두!

거칠 것 없이 질주하던 적랑단이 흙먼지를 일으키며 선회하기 시작했다.

워낙에 대군이어서 선회를 하는 것만도 상당한 시간이 소요되었고, 그 와중에 적랑단과 가까워진 혈왕군은 관백의 의도를 알아차리고는 곧장 북쪽을 향해 내달렸다.

혈왕군은 신우가 이끌고 있었다.
"겁도 없이 여기까지 쫓아오다니."
챙!
신우가 검을 치켜들며 외쳤다.
"공격 대형으로 전환하라!"
와아아!
두두두!

한편 맹렬히 추격하던 대막의 기병들은 난데없이 적랑단이 자신들에게로 말머리를 돌리자 괴성을 지르기 시작했다.
"황도를 유린한 놈들이다! 모조리 쳐부숴라!"
두두두!
그때였다.
"혈왕군입니다!"
"뭣이!"
발견했을 땐 이미 혈왕군은 코앞에 다가와 있었다. 적랑단은 급선회를 하면서 시간이 지체되었지만 혈왕군은 달려오던 속도를 그대로 유지했기 때문에 적랑단보다 먼저 치고 들어올 수 있었던 것이다.
거기에 적랑단이 선회하면서 일으킨 흙먼지가 그들을 가려 준 덕분에 기습이나 다름없는 상황이었다.

5장
분열의 조짐

분열의 조짐

 연후는 소무백과 나란히 서서 대격돌이 벌어지고 있는 대평원을 바라봤다.
 주요 인사들과 수많은 무사들도 능선에 올라 아군의 승리를 기원했다.
 "적이 퇴각합니다!"
 와아아!
 가슴을 졸였던 모두가 환호성을 터트렸다.
 소무백도 안도의 숨을 내쉬었다. 그는 연후를 돌아보며 치하했다.
 "적랑단과 혈왕군이 실로 큰일을 해냈습니다. 천하최강이라는 대막의 기병들이 맥을 못 추고 도망치는 꼴을 보고 있자니 속이 다 후련합니다."

"덕분에 크나큰 전과를 올릴 수 있었습니다."

어림잡아 이만이 넘는 대막의 기병이 죽었다. 또한 그에 준하는 숫자의 전마를 죽이거나 사로잡았으니 실로 엄청난 전과라 할 수 있었다.

대막의 주요 전력이 기병임을 감안하면 실제로는 숫자 이상의 타격을 입혔다고 해도 과언이 아니었다.

연후는 깃발을 휘날리며 내려오는 적랑단과 혈왕군을 응시하며 흡족한 표정을 지었다.

하지만 신휘는 결코 표정이 밝지 못했다. 대막과의 전투에서 입은 피해가 마음에 들지 않은 까닭이었다.

대막에 비하면 피해의 정도가 극히 적었지만 신휘는 그것조차도 용납할 수 없었던 것이다.

"전술 자체를 손봐야 할 것 같아. 이런 식으로는 도저히 성에 차지가 않아서 말이야."

"기다려 봐. 철광산에서 생산한 철이 보급되기 시작했으니 머지않아 지금보다 더 강력한 방어구로 무장할 수 있을 거다."

"그건 그거고."

연후는 은은한 분기마저 내비치는 신휘의 어깨를 다독거려 주고는 능선을 내려갔다.

소무백과 철군악 등 주요 인사들이 그를 따라 내려섰다.

잠시 후 관백이 소무백과 연후의 앞에 머리를 조아렸다. 소무백이 관백의 어깨에 손을 얹으며 치하했고, 다른 이들은 열렬한 환호성으로 적랑단을 맞았다.

관백은 연후를 응시했다.

연후도 관백을 응시하며 웃었다.

"수고했소."

* * *

사천성.

한 번의 대참패를 겪은 이후 사천당가에 배수의 진을 친 중원연합군.

천하인들로부터 종이호랑이라는 비난과 조롱에 시달리며 사기가 바닥까지 떨어진 그들을 구한 것은 천하고수도, 각 가문에서 보낸 지원 병력도 아닌 자연이 몰고 온 대재앙이었다.

"주군! 적이 퇴각하고 있습니다!"

부상 치료에 여념이 없던 적인회는 군의의 손길마저 뿌리치며 벌떡 일어섰다.

"뭣이! 그게 사실이냐!"

"정찰에 나섰던 각 가문의 무사들이 한입으로 적의 퇴각을 전해 온 것을 보면 틀림없는 사실인 것 같습니다!"

"이런……."

적인회의 얼굴이 일그러졌다.

적이 퇴각을 하면 마땅히 기뻐해야 정상이건만 그는 얼굴마저 붉히며 당혹감을 감추지 못했다.

이유는 있었다.

대참패로 인해 추락한 자존심을 회복하기 위해 절치부심하던 그였다. 그러나 각 가문에서 지원 병력만 도착하면 이전의 참패를 만회하고 추락한 자존심도 되살릴 자신이 있었다.

그런데 적이 퇴각을 한다니.

"놈들이 왜 퇴각을……."

이해할 수가 없었다.

대승을 거뒀으니 마땅히 여세를 몰아 중원 진출을 노려야 마땅했다. 그걸 막기 위해 이곳 사천당가에 배수의 진까지 쳤지 않은가.

그때 전가의 무사 한 명이 들어왔다. 정보를 맡고 있는 자였다.

"주군, 서장에서 보낸 전서입니다."

적인회는 즉각 전서를 펼쳤다. 전서는 서장에서 활동하는 전가의 정보 병력이 보내온 것이었다.

서장 북쪽에서 대지진 발생. 도시 두 곳이 초토화가 되었

고, 강물이 범람하여 수만에 달하는 사상자가 발생함. 뇌음사와 홍교 역시 전각의 대부분이 붕괴되는 피해를 입음.

꿈틀.
적인회의 눈썹이 송충이처럼 꿈틀거렸다.
전서의 내용이 사실이라면 적이 퇴각할 만한 이유로 충분했다.
팟!
전서가 적인회의 손에서 한 줌 재가 되어 흩날렸다.
"이러면 놈들이 다시 쳐들어올 때까지 천하의 조롱과 비난을 면할 길이 사라져 버렸구나."
화아악.
적인회의 전신에서 뜨거운 열기가 흘러나왔다.
"죄송합니다. 미처 그것까지는 생각을 하지 못했습니다."
적의 퇴각에 기뻐했던 전가의 수뇌들이 굳은 표정으로 머리를 숙였다.
적인회는 의자에 깊숙이 몸을 파묻으며 두 손으로 관자놀이를 눌렀다.
'우리는 참패를 당하고 삭주 쪽 연합군은 대승을 거뒀다. 이연후, 놈이 대지존의 대리자로 실질적인 총사의 역할을 했으니 나를 향한 비난과 조롱은 더 심해질 텐데……'

가장 뼈아픈 부분은 바로 그것이었다.

보나 마나 천하는 자신과 연후를 비교하려 들 것이다.

가뜩이나 서북무림을 병합하고 황하수련 또한 궤멸 직전까지 몰고 가면서 당대 최고의 인물로 부상하고 있던 연후에게 날개를 달아 준 꼴이나 다름없었다.

쾅!

적인회가 발을 구르자 바닥에 금이 쩍쩍 나 버렸다.

"다시 가서 퇴각이 확실한지 확인하고 본 좌에게 보고토록 하라!"

"예!"

서장무림의 퇴각은 다른 가문에게도 전해졌다.

당장 사천당가는 환호할 수밖에 없었다. 연합군이 자신들의 터전에 배수의 진을 치는 바람에 전화(戰火)에 휩쓸릴 것을 걱정했던 그들이 환호하는 것은 당연한 일이었다.

* * *

"크으……."

혈가의 군영.

가주 적혼은 괴로워하는 혈강시 이호를 응시하며 눈빛을 가라앉혔다.

오늘 아침부터 이호는 머리를 감싸 쥔 채 고통에 몸부

림치는 중이었다.

'삼호마저 죽어 버리다니······.'

연후를 죽이라고 보낸 삼호의 죽었다. 영혼으로 연결된 이호의 고통스러워하는 모습이 그 사실을 방증하고 있었다.

"삭주에 전서를 보냈느냐?"

"예. 철혈가주의 근황을 확인하라고 해 두었습니다."

'설사 죽이지는 못했더라도 팔 하나쯤은 잘랐어야 할 텐데······.'

그때였다. 적혼의 초조함을 알기라도 하듯 무사 하나가 삭주에서 보내온 전서를 전했다.

적혼은 즉각 전서를 펼쳤다.

철혈가주는 지극히 건재하며 사소한 부상조차 입지 않은 것으로 확인됨. 척살에 나섰던 본 가의 병력이 전장과 조금 떨어진 곳에서 시신으로 발견됨. 생존자 전무.

바르르······.

기대가 물거품이 되어 버리자 목덜미까지 벌겋게 달아오르는 적혼이었다.

'벌써 혈강시 둘을 잃었다. 이런 식으로는 절대 놈을 쓰러뜨릴 수 없다는 말인가?'

분열의 조짐 〈179〉

그때 또 다른 무사 한 명이 들어섰다.

"주군, 총사께서 회의를 여신다고 합니다."

화악!

"대참패의 원흉인 주제에 회의는 무슨! 가서 속이 좋지 않아 참석할 수 없다고 전해라!"

"주군, 전시에 총사의 명은 군령으로 취급됩니다. 마땅히 참석하심이 좋을 듯합니다."

"그렇습니다. 군령을 어기면 전가에게 본 가를 핍박할 명분을 주게 됩니다. 이는 전가가 바라는 바이니 결코 그들이 원하는 상황을 만들어 주면 안 됩니다!"

측근들의 연이은 진언에 적혼은 어금니를 악물며 들끓는 속내를 가라앉혔다.

전가와 혈가는 장로원주 서문회를 중심으로 연결된 묵시적 동맹 관계나 다름없었다.

하지만 서문회가 편애하듯 적인회에게 총사를 맡기면서 그 관계는 금이 가기 시작했고, 그 탓에 서장무림과의 전쟁에서 혈가가 비협조적으로 나오며 완전히 틀어지고 말았다.

"장포를 가져오너라!"

결국 적혼은 막사를 나섰다.

잠시 후 연합군의 수뇌들이 한자리에 모였다. 참패를 당한 이후 처음 갖는 회의였다.

적인회가 좌중을 향해 바로 본론을 꺼냈다.

"사안이 중대하니 바로 본론으로 들어가도록 하겠소. 서장무림이 퇴각하고 있소. 우리에게 씻을 수 없는 치욕을 안겨 준 놈들을 순순히 돌려보낼 순 없다는 게 본인의 생각이오."

적혼이 물었다.

"하면 뒤를 쫓자는 말씀이시오?"

"적어도 그 정도는 해야지 않겠소?"

"아직 아군은 지원 병력이 다 도착하지 못했소. 이런 상황에서 추격에 나선다는 것은 너무 위험한 것 같소. 해서 본인은 추격에 반대하는 바이오."

"동감이오."

"본인 역시 같은 생각입니다."

혈가, 귀령가, 검가가 차례로 반대하고 나서자 적인회의 눈빛이 매섭게 변했다. 이제 남은 곳은 월가였다.

적인회는 언제나 말이 없는 월가의 가주 야월을 응시했다. 다른 이들도 마찬가지였다.

눈을 감은 채 팔짱을 하고 앉아 있던 야월이 자신의 앞에 놓여 있던 찻잔을 비우고는 좌중을 천천히 쓸어 보았다.

탁.

"천하가 우리를 종이호랑이라 비웃고 있소. 여기서 이

대로 전쟁이 끝나 버리면 우리 팔대가문의 명예와 자존심은 뒷간에 빠진 것만도 못하게 될 터. 당장 최정예를 꾸려 추격에 나서야 할 것이오."

적혼이 다시 반대하고 나섰다.

"적은 여전히 아군보다 세 배에 달하는 전력을 갖추고 있소. 당연히 추격을 예상하고 곳곳에 매복을 해 두었을 터. 이를 알면서도 뒤를 쫓는다는 것은 스스로 범의 아가리로 뛰어드는 꼴이 아니겠소!"

야월이 차갑게 웃었다.

"뜻밖이오. 천하의 혈가가 적의 매복 따위를 걱정하다니 말이오. 혹시 사사로운 감정 때문에 반대하는 건 아니시오?"

"사사로운 감정 때문이라니. 지금 무슨 말을 하고 싶은 거요?"

"그거야 가주 본인이 더 잘 알지 않소?"

분위기가 갑자기 냉랭하게 변하자 적인회가 탁자를 강하게 내리쳤다.

쾅!

"다들 뭔가 착각하고 있는 것 같은데…… 지금 본인은 여러분의 동의를 구하고자 함이 아니라 추격을 명하는 것이오. 물론 이는 총사로서 내리는 군령이오."

"……!"

"군령을 어기면 어떤 처벌이 따르는지 모르지 않을 터. 그래도 추격에 동참하기 싫다면 빠져도 좋소."

"……!"

군령을 들먹이자 다들 말문이 막혔다. 군령은 대지존의 명과 같았기에 누구라도 따라야 하는 지엄한 것이었다.

적혼은 비웃음을 머금은 채 적인회를 노려봤다.

"총사의 작전이 실패하면서 아군은 역사에 길이길이 오점으로 남을 치욕적인 대패를 당했소. 내가 총사라면 부끄러워서라도 총사의 직에서 내려왔을 것이오."

"전쟁은 아직 끝나지 않았소. 물론 이번 추격전에서조차 전과를 거두지 못한다면 그땐 총사의 직을 내려놓겠소. 하니 다들 군영으로 돌아가 한 시진 이내로 출병 준비를 갖추도록 하시오."

결국 모두는 각자의 군영으로 향했다. 가장 강력하게 반대했던 적혼도 군령 앞에서는 어쩔 수가 없었다.

적인회는 가장 늦게 자리를 뜨는 적혼을 향해 전음성을 날렸다.

[내게 명예를 회복할 기회를 주지 않으려는 네놈의 속셈을 모를 줄 아느냐?]

[그 입, 함부로 놀리지 않는 게 좋을 것이다. 수틀리면 네놈을 이곳에서 죽여 버릴 수도 있으니까.]

[네놈에게 그럴 능력은 있고?]

분열의 조짐 〈183〉

[얼마든지. 하물며 부상을 당해 병신처럼 끙끙거리는 놈쯤이야 일도 아니지.]

화아악!

적인회의 전신에서 흘러나온 뜨거운 열기가 적혼에게까지 전해졌다.

하지만 적혼은 싸늘히 웃으며 적인회를 돌아봤다.

"하면 한 시진 후에 뵙겠소이다, 총사."

장로원주 서문회를 중심으로 철의 고리처럼 견고했던 암묵적 동맹에 균열이 가고 있었다.

그것은 곧 분열의 조짐이기도 했다.

* * *

대막무림과의 대전투가 벌어졌던 산맥의 초입.

연합군은 그곳에 새로운 군영을 세우기 위해 돌입했다. 연후는 소무백에게 삭주 군영보다 더 강력한 군영을 세울 것을 요청했고, 소무백은 흔쾌히 수락했다.

쿵쿵쿵!

땅땅땅!

"굳이 이곳에 군영을 세우려는 이유가 궁금하군. 적이 꼭 이곳으로 온다는 보장은 없지 않나?"

신휘의 물음에 연후는 담담히 대답했다.

"이곳을 피해 다른 곳으로 내려온다면 그 자체로 방어할 지역이 좁아지니 아군으로서는 대처하기가 한결 수월해진다고 봐야지."

"정말 그것뿐인가?"

"알면서 묻는 것 같은데."

신휘가 묘하게 웃으며 말을 이었다.

"이곳에 군영을 세움으로써 북부의 짐을 조금이나마 덜려고 하는 것 같은데…… 아닌가?"

연후는 대답 대신 흐릿한 미소로 답을 했다. 신휘의 말대로였기 때문이다.

이로써 북부는 대막의 침공을 빌미로 자금을 한 푼도 투입하지 않고 강력한 방어 진지를 공짜로 구축하게 되는 셈이었다.

"주군이 되면 다 그렇게 변하는 모양이지?"

"난 하나도 변한 게 없어. 다만 그때와 처지가 달라졌을 뿐이지."

"그런가?"

신휘가 다른 것을 물었다.

"대막이 언제쯤 다시 내려올 거라고 보나?"

"한동안은 힘들 거다. 어설프게 건드리는 바람에 중원 무림의 경각심만 일깨우는 꼴이 되었다는 것을 놈들도 모르지 않을 테니까."

"그럼 이곳에 남아 있을 필요는 없겠군."
"공사가 어느 정도 진척이 되면 돌아가야지."
그때 뒤에서 서백이 뛰어왔다. 표정을 보니 무슨 일이 벌어진 모양이었다.
"주군! 서장무림이 퇴각을 했다고 합니다. 며칠 전에 서장에 엄청난 지진이 발생했는데, 아마 그것 때문인 것 같다고 합니다."
"일부가 아니라 모조리 다 물러갔단 말이냐?"
"예. 전서에 그렇게 적혀 있었습니다."
연후와 신휘는 서로를 쳐다보며 실소를 머금었다.
신휘가 기가 차다는 듯 말했다.
"지진 때문에 전쟁이 끝나다니…… 살다가 이런 경우는 또 처음이네."

* * *

동시에 발발했던 두 개의 전쟁이 우여곡절 끝에 드디어 막을 내렸다.
물론 언제 다시 침공을 해 올지 모르지만 어쨌든 대막과 서장이 물러간 것만은 틀림없는 사실이었다.
결과는 같았지만 과정은 확연한 차이가 있었다.
연후가 주축이 된 연합군이 두 번의 대전에서 압승을 거

됐다면, 사천성은 대참패를 거뒀음에도 대지진 때문에 승전 아닌 승전을 거둔 그야말로 우스운 꼴이 되어 버렸다.

그나마 추격전에서 상당한 전과를 거두는 바람에 간신히 체면치레는 할 수 있었지만 천하인들의 비판과 조롱은 면할 수가 없었다.

두 새외 세력이 몰고 왔던 전운(戰雲)은 천하인들의 경각심을 일깨웠고, 백야벌과 주요 가문의 자만과 오만에 경종을 울리는 계기가 되었다.

종이호랑이.

이보다 더 직관적인 표현은 없으리라.

각설하고.

이번 사태는 중원에 새로운 바람을 일어나게 하는 계기가 되었는데……

* * *

철혈가.

전쟁을 승전으로 이끌고 돌아온 연후를 기다린 것은 산적한 현안들이었다. 군사 현진과 사마송에게 맡겨도 될 일이었지만 연후는 직접 모든 사안을 챙겼다.

당장은 본격적으로 생산되기 시작한 철을 처리하는 문제였다.

"현재까지 생산된 철의 양입니다."

연후는 현진이 내민 두터운 책자를 펼쳤다.

책자 속에는 온갖 내용이 빼곡하게 적혀 있었는데, 중요한 사안은 붉은색으로 적혀 있었다.

연후는 묵묵히 내용을 확인했다.

"양도 양이지만 질이 더 중요한 법인데……."

"다행히 팔 할 정도는 최상급이라고 합니다. 속하의 생각으로는 팔 할의 최상급 철에서 절반 정도는 재정 확보 차원에서 판매하는 것이 좋을 것 같습니다."

"나머지로 우리가 필요한 것들을 만든다, 이 말인가?"

"그렇습니다. 두 개의 광산에서 지금과 같은 수준의 철이 생산될 거라 가정하면, 늦어도 일 년 내에는 원하는 수준의 병기를 확보할 수 있을 것 같습니다."

현진의 그 말에 연후는 송영을 응시했다.

"서백이 갖고 온 반월도는 연구를 해 봤나?"

"며칠 후면 반월도에 필적할 만한 수준의 강도를 지닌 무기 생산에 착수할 수 있을 것 같습니다."

"생산 시설부터 확보해야지 않을까?"

"염려 마십시오. 대장간 열 곳은 당장 가동이 가능하고, 다섯 곳도 곧 공사가 완공될 것 같습니다. 아! 대장장

이들도 넉넉하게 확보를 해 두었고, 북부에서 최고라는 장인들도 따로 집을 마련해 주어 그곳에서 식솔들과 함께 머물게 해 두었습니다."

"네가 최고가 아닌가?"

"……."

"사람들에게 맡기지 말고 피곤하고 힘들더라도 네가 직접 지켜보도록 해."

"예."

평소라면 최고라는 말에 의기양양했을 송영이었다. 그런데 오늘은 어찌 된 일인지 연후 앞에서 고개를 들지 못하고 있었다.

연후는 그 이유를 알고 있었다.

"황태의 일은 네 잘못이 아니다."

"하지만……."

"너뿐만이 아니라 나를 비롯한 모두가 속았다. 하니 그만 잊도록 해."

사실 송영은 황태가 떠난 직후 곧장 연후에게 전서를 보냈다. 하지만 도중에 사고가 났는지 전서는 배달되지 않았고, 연후도 철혈가로 돌아와서야 소식을 접할 수 있었다.

현진이 송영을 한 번 쳐다보고는 빙그레 웃었다.

"아마 이 친구가 우리 북부의 최강 전력이 아닌가 싶습니다. 대화를 나누다 보면 깜짝깜짝 놀랄 때가 한두 번이 아닙니다."

"재주는 하늘을 찔러도 아직 철이 덜 들었으니 곁에서 잘 지도하도록 해."

"알겠습니다."

그때였다.

"주군, 접니다."

"들어와."

철우가 문을 열고 들어섰다.

"무당파에서 사람이 찾아왔습니다."

* * *

연후는 진명과 마주 앉았다.

멸문지화의 아픔을 용케 잘 견뎌 냈는지 진명의 표정은 과거와 비교해 아주 평온해 보였다.

눈빛도 이전보다 훨씬 더 깊고 고요했다.

"신수가 훤해서 보기가 좋소."

"덕분에 용기를 내어 재건에 전념할 수 있었습니다. 다시 한번 감사드립니다."

"생존자들은 좀 모였소?"

"예. 이제 삼백여 명쯤 모였습니다."

삼백여 명이면 한 문파를 유지하기에 턱없이 부족한 인

원이었다.

"그나저나 사문 재건에 바쁠 텐데 이 먼 곳까지는 어쩐 일이오?"

"하북팽가에서 구대문파와 오대세가의 수장들이 회합을 갖기로 하였습니다. 시일이 다소 여유가 있어서 지나가는 길에 인사라도 드릴까 싶어서 찾아뵈었습니다."

구대문파와 오대세가의 회합이라.

연후는 회합의 목적이 궁금했지만 묻지는 않았다. 물어보면 진명이 곤란해하지 않을까 싶어서였다.

"모처럼 왔으니 있는 동안이라도 편히 머물다가 가도록 하시오."

"왜 묻지 않으십니까?"

"뭘 말이오?"

"구대문파와 오대세가가 회합을 갖는 이유 말입니다."

"말해도 괜찮소?"

"하면 안 되는 것이지만 가주께는 말씀을 드려야 할 것 같습니다. 저희 무당을 구해 주셨으니까……."

연후는 더 궁금해졌다. 무슨 목적으로 회합을 갖기에 진명이 이렇게 나오는 것일까.

"그렇게 말하니 궁금하긴 하오만, 굳이 양심의 가책을 느끼면서까지 말해 줄 필요는 없소."

"아닙니다. 사실은……."

진명이 살짝 머뭇거리더니 바로 말을 이었다.

"구대문파와 오대세가가 하나의 연합체로 탈바꿈하려는 것 같습니다. 자세한 것은 가 봐야 알겠지만 현재로서는 그것이 회합의 목적으로 예상됩니다."

'하나의 연합체라……'

연후는 이유를 대충은 짐작했다. 아마도 서장무림과의 전쟁에서 연합군이 참패를 당한 것이 이들에게 희망을 안겨 준 것이리라.

그도 저잣거리에 떠도는 말들을 들어서 알고 있었다. 사람들이 백야벌과 주요 가문들에 대해 어떤 말로 조롱하고 비아냥거리는지도.

연후는 차를 한 모금 마셨다.

탁.

"주체가 누군지 물어봐도 되겠소?"

"소림사의 방장입니다."

"가서 전하시오. 무엇을 하든 상관하지 않겠지만, 너무 지나치면 자칫 피어나기도 전에 짓밟힐 수 있다고 말이오. 서장무림과의 참패가 비록 조롱거리가 될 순 있겠지만 그렇다고 백야벌이 결코 종이호랑이는 아니오."

"알겠습니다."

"하나 더 경고하자면…… 서장무림에 패해서 자존심이 구겨질 대로 구겨진 가문들에게 화풀이 대상이 될 수도 있음을 명심해야 할 거요."

"……예."

진명의 얼굴이 딱딱하게 굳어졌다. 전자보다 후자의 이야기가 더 강하게 와닿은 것이다.

연후는 화제를 돌렸다.

"장문인은 정했소?"

"아직 정하지 못했습니다. 배분이 높은 분이 돌아오실 때까지 기다리는 중입니다."

"각주가 장문인이 되는 것도 나쁘지 않을 듯한데……."

연후의 그 말에 진명이 당황한 표정을 지었다.

"……제가 감당할 수 있는 자리가 아닙니다. 그래도 미천한 저를 이리도 높게 봐 주시니 그저 감사할 따름입니다."

연후는 진명과 꽤 오랫동안 대화를 나눴다.

그리고 자리를 파하려고 할 즈음에 뜻밖에도 화산파의 청공이 찾아왔다. 그 역시도 하북으로 향하던 중에 인사차 들렀다고 했다.

막 일어서려던 진명은 다시 자리에 앉았고, 세 사람은 해가 떨어질 때까지 대화를 나눴다.

* * *

진명과 청공이 다녀간 이후 연후는 구대문파와 오대세

가에 대한 면밀한 조사를 지시했다.

왠지 그냥 넘길 문제가 아니라는 기분이 강하게 든 탓이었다.

한편으로는 전력 강화에 박차를 가했다.

생산된 철로 자금을 확보하는 한편, 병기 제작에도 노력을 기울였으며 전투에서 전사한 무사의 가족들에게 지원해 주는 것을 법제화시켰다.

또한 사기진작의 차원에서 전투에 참전한 모든 무사에게 포상을 아끼지 않았으며, 측근들을 투입하여 전술 훈련과 무공 수련에도 총력을 쏟았다.

딸그락.

"드세요."

"고맙소."

연후는 동방리와 마주 앉았다.

"모처럼 평온한 시간을 보내는 것 같아요. 덕분에 사소한 것들까지 꼼꼼히 챙길 수 있어서 좋긴 한데…… 많이 피곤하시죠?"

"전쟁이 더 쉬운 것 같소."

농담이 아니었다.

아침부터 저녁까지 챙겨야 할 사안이 한두 개가 아니었고, 결제를 해야 할 문서도 많을 때는 수십 건에 달했다.

그다지 중요하지 않은 것은 장로원주 사마송에게 일임

을 시켰는데도 그 정도였다.

"찾아오는 낭인들이 점점 많아지고 있어요. 지시하신 대로 능력을 검증해서 거르고는 있는데, 그래도 벌써 이천 명이 넘었더군요. 재정이야 광산이 제대로 돌아가고 있으니 크게 걱정할 바는 아닌데, 아무래도 각지에서 몰려오다 보니 살아온 환경이 다른 탓에 서로 충돌하는 경우가 빈번하게 발생하고 있어요. 어제는 싸움이 벌어져 두 명이나 죽었고요."

"그 정도는 각오해야지 않겠소. 시간이 지나면 차츰 북부의 문화에 적응할 테니 너무 걱정하지 마시오."

"저야 뭐…… 다만 주군께서 신경 쓰실 일이 많아질까 봐 걱정이죠. 더 드려요?"

"한 잔만 더."

쪼르륵.

연후는 찻잔에 뜨거운 물을 따르는 동방리의 얼굴이 오늘따라 유난히 아름답다는 느낌이 들었다.

기분도 묘했다. 이전에는 이렇게 단둘이 차를 마시며 대화를 나누는 것이 매우 어색했지만 이제는 자연스럽다 못해 평온한 기분마저 들었다.

"수련은 잘되어 가고 있소?"

"이제 거의 마무리 단계에 접어들었어요. 십성 이상에 올라서면 한번 봐주세요."

"알겠소."

그때였다.

"들어가도 돼요?"

서령의 목소리였다.

동방리가 재빨리 일어나 문을 열어 주자 서령이 들어섰다.

연후는 무심한 눈으로 그녀를 응시했다.

서령은 연후를 한번 쳐다보고는 동방리를 돌아보며 살짝 웃었다.

"한 잔 얻어먹을 수 있을까요?"

"그럼요. 잠시만 기다리세요."

[싸우지 마세요.]

동방리가 연후에게 전음을 날리고는 밖으로 나갔다.

서령이 동방리의 옆자리에 앉아 연후를 똑바로 쳐다보며 말했다.

"복면을 뒤집어씌워 놓은 놈…… 황하수련에서 탈출한 괴인이죠?"

"어떻게 알았지?"

"역시 맞았네."

연후는 서령을 직시했다.

가회를 죽이고 데려온 괴인은 철혈가의 금역에 가둬 놓은 상태였다. 그곳은 서령이 접근조차 할 수 없는 곳인데, 어떻게 괴인의 존재를 알았을까.

"삭주에서 돌아올 때 봤어요. 그때 느낌이 좀 이상했는데, 곰곰이 생각을 해 보다 보니 나를 이 모양으로 만들어 놓은 놈이라는 확신이 들더군요."

"놈의 눈동자만으로 확신이 들었단 말인가?"

"당신이 모르는 게 있어요."

"그게 뭐지?"

"궁금한 걸 말해 주고 말고 할 사이가 아닌 것 같은데……."

"……."

"그놈을 한번 봐야겠어요. 확인을 해 봐야 할 게 있거든요."

"뭘 해 달란다고 들어줄 사이가 아닌 것 같은데."

서령은 자신이 했던 말로 복수(?)하는 연후를 미간을 찡그리며 쳐다봤다.

연후는 무시하고 찻잔을 기울였다.

탁!

"뭘 확인하겠다는 건지 그것부터 말하는 게 순서가 아닌가?"

서령은 말없이 연후를 빤히 쳐다봤다. 연후도 시선을 피하지 않았다.

서령의 아미가 곱게 찡그려진다 싶더니 이내 입을 열었다.

"회복이 되고 다시 맞닥뜨렸을 때, 놈의 행동이 이상하더군요. 마치 저를 알아보고 피하는 것 같은? 아무튼 반응이 이상했어요."

"착각이겠지. 놈은 지성이 사라진 존재다."

"그러니까 이상하다는 거잖아요. 인간의 감정이 없는 놈이 왜 나만 공격을 하지 않았을까요? 바로 코앞에 있었는데?"

"……."

사실이라면 정말 이상한 일이었다. 주문으로 명령을 받지 않은 괴인은 눈에 보이는 모든 대상을 공격했다.

"데리고 달아나지 않을 테니 만나게 해 줘요."

"나도 같이 가지. 싫어도 같이 가야 한다."

"왜요?"

"놈이 왜 너만 공격하지 않았는지 제대로 확인을 하려면 놈을 이전의 포악한 상태로 되돌려야 한다. 그러자면 내가 있어야 한다."

서령의 미간에 살짝 주름이 잡혔다. 연후하고 같이 가는 것이 정말 싫은 모양이었다.

"좋아요. 그럼 언제 보게 해 줄 거죠?"

"차 마시고."

* * *

철혈가의 금역.

지난날 공식적으로 북부의 권좌에 오른 연후가 가장 먼저 지은 것이 뇌옥이었다.

기존의 뇌옥을 헐고 새롭게 지은 그곳은 천 년의 관문, 혈옥을 그대로 옮겨 놓은 것과 다름없었다.

안으로 들어서던 서령의 눈빛이 가늘게 흔들렸다. 혈옥에서 평생을 보내야 했던 지난날의 고통스러운 삶이 떠오른 것이다. 그만큼 뇌옥은 세세한 것까지 혈옥과 비슷했다.

서령은 연후를 돌아봤다. 그런 그녀의 눈동자에 서늘한 한기가 잔뜩 들어차 있었다.

"왜 이렇게 만든 거죠?"

"죄수들을 가두는 데 이보다 더 완벽할 순 없으니까."

"언젠가 기회가 되면 당신을 이곳에 가둬 버릴 거예요. 영원히 나오지 못하게……."

"꿈 깨."

잠시 후 두 사람은 뇌옥에서 가장 깊숙한 곳으로 들어섰다.

서령이 눈빛을 발했다. 사방이 암벽으로 둘러진 개방된 공간의 한쪽에 쪼그리고 앉아 있는 괴인을 본 것이다.

연후와 서령이 들어서자 괴인이 일어섰다.

"시작하죠."

"다시 말하지만 죽을 수도 있다."

분열의 조짐 〈199〉

"내가 죽으면 좋은 거 아닌가요?"
"그렇긴 하지."
"더 이상 말 섞기 싫으니 어서 저놈을 본연의 모습대로 돌려놓고 나가요."
"네가 죽으면 곤란하니 여기서 지켜보도록 하지."
"흥! 미안한가 보죠?"
"착각하지 마라. 네가 죽으면 동방가주가 섭섭해할 것 같아서 이러는 거니까."

연후는 괴인을 향해 주문을 읊조렸다.

그러자 괴인의 동공에 혈광이 일더니 강력한 마기가 풀풀 흘러나오기 시작했다.

동시에 서령의 두 손이 투명하게 변했다.

연후는 만약의 사태에 대비해 언제든 출수를 할 준비를 갖추고 서령과 괴인을 지켜봤다.

서령이 괴인을 향해 다가갔다.

지켜보던 연후가 눈빛을 발한 것은 서령을 향해 공격 자세를 취하던 괴인이 고개를 이리저리 갸웃거리더니 그대로 움직임을 멈추는 것을 보았을 때였다.

'눈동자에서 혈광이 사라졌다.'

그랬다. 악마의 그것처럼 일렁이던 혈광이 감쪽같이 사라지고 없었다.

더 놀라운 광경은 뒤에 이어졌다.

서령이 손을 들어 가만히 뻗으니 괴인도 가만히 손을 뻗는 것이 아닌가.

 '뭐지?'

 "역시 내 느낌이 맞았군요. 나를 공격 대상으로 생각하지 않고 있어요."

 서령이 연후를 돌아보며 물었다.

 "혹시 인간의 언어를 알아듣던가요?"

 "주문을 먼저 외고 말하면 알아듣더군. 물론 지극히 단순한 것들만 그렇다는 말이다."

 "그래요?"

 서령이 다시 괴인을 돌아봤다.

 뒤이어 천하의 연후가 두 눈을 부릅떠야 할 장면이 벌어졌다.

 "앉아."

 괴인이 마치 강아지처럼 시키는 대로 앉았다.

 "일어서."

 이번에도 마찬가지였다.

 연후는 기가 막히다 못해 어이가 없었다. 이 간단한 것을 가회는 왜 그토록 어렵게 찾아냈을까.

 여기서 강한 의문이 들었다.

 '주문을 통해 서령을 공격하라는 명령을 내리면 어떻게 반응할까?'

궁금한 건 참지 못하는 연후였다.

그는 전음성을 통해 괴인에게 주문을 날리고 서령을 공격하라는 명령을 내렸다.

그러자 괴인의 두 눈이 다시 혈광을 일으키며 서령을 향해 두 손을 뻗었다.

"……!"

놀란 서령이 황급히 뒤로 몸을 빼며 소수로 괴인의 손을 후려쳤다.

꽝!

'주문이 더 강력한 힘을 발휘하는 모양이군.'

연후는 재빨리 전음을 통해 괴인에게 멈추라는 명령을 보냈다. 그러자 제자리로 돌아가는 괴인이었다.

서령이 연후를 돌아봤다.

연후가 괴인을 움직였다는 것을 눈치챘으니 쳐다보는 눈빛이 좋을 리가 없었다.

그때였다.

"저 사람 죽여."

쾅!

괴인이 연후를 향해 벼락같이 달려들었다. 멈추라는 주문을 외울 틈조차 없는 가공할 속도였다.

연후는 금강벽을 펼침과 동시에 장법을 이용해 괴인의 가슴을 강타했다.

퍽! 쾅!

괴인이 뒤쪽 벽까지 날아가 부딪치고는 쓰러졌다. 하지만 다시 벌떡 일어서서는 연후를 향해 다가서기 시작했다.

연후는 서령을 싸늘히 응시했다.

"여기서 삶을 마감하고 싶나?"

"당신이 과연 우리 둘을 감당할 수 있을까요?"

"궁금하면 덤벼 보든가."

"흥!"

코웃음을 친 서령이 괴인을 향해 말했다.

"멈춰."

괴인이 그 자리에 멈추자 동공을 물들였던 혈광도, 주변에 넘실거리던 마기도 감쪽같이 사라졌다.

"당신이 죽으면 그 사람이 슬퍼할 것 같아서 참아 준다는 걸 아세요."

서령이 출입문을 향해 걸었다.

연후는 곧장 돌아서려다가 괴인을 향해 손가락을 까딱거렸다.

"이리 와 봐."

괴인이 다가왔다.

퍽!

연후의 발길질에 괴인이 다시 뒤쪽 벽까지 날아가 부딪

쳤다. 자신을 공격한 것에 대한 응징(?)이었다.

어쩌면 자신이 아닌 서령의 말을 들은 것에 대한 보복이라도 해도 옳으리.

연후는 뇌옥을 나서며 곰곰이 생각을 해 봤다.

괴인은 도대체 무슨 이유로 서령 앞에서 순한 강아지처럼 구는 걸까. 또한 주문을 외지 않고 그냥 명령을 내려도 즉각 반응하는 걸까.

'혹시……'

떠오르는 한 가지가 있었다.

'서령이 놈들의 독 때문에 죽다가 살아났다. 그 전에는 그녀를 죽이려고 달려들었다. 그렇다면…… 자신들의 독의 기운을 느끼고 같은 동족으로 여기는 걸까?'

아니면 이 상황을 어떻게 납득할 수 있을까.

"저 괴물은 왜 데려온 거죠? 혹시 저런 괴물을 더 만들어서 천하패권이라도 노려 보겠다는 건가요?"

"관심 꺼라."

"흥!"

나란히 뇌옥을 나선 두 사람.

연후가 엉뚱한 말을 꺼냈다.

"계속 이곳에서 머물 거면 제대로 된 일을 해 보는 건 어때?"

"공짜 밥을 먹지 말라는 말로 들리는군요."

"눈치는 제법이군."

"흥! 지금까지 당신 여자를 지켜 준 게 누군데."

"너 아니더라도 지켜 줄 사람은 차고 넘친다. 말장난 그만하고……."

연후는 말끝을 흐렸다가 바로 말을 이었다.

"정식으로 동방가주의 호위가 되는 건 어때? 받아들이면 그에 걸맞은 대우를 해 주마."

서령이 다시 걸음을 멈추고 연후를 빤히 쳐다봤다. 그러더니 불쑥 물었다.

"어떤 대우를 해 줄 거죠?"

"원하는 건 다 들어주마."

"내가 원하는 게 뭔지는 당신이 더 잘 알잖아요?"

"다시 말하지만 그럴 일은 절대 없을 테니 지금이라도 꿈 깨는 게 좋을 거다. 다시 한번 경고하는데, 소수마공이 다른 사람한테는 몰라도 내겐 전혀 통하지 않는다."

"흥! 자신만만하시네."

서령이 횅하니 앞서 나갔다.

연후는 그런 서령을 묘한 눈으로 바라보다가 발길을 대전각으로 돌렸다.

그때였다.

"내가 원하는 걸 해 준다고 했죠?"

연후는 걸음을 멈추고 서령을 돌아봤다.

"원하는 게 뭐지?"

"당신이 혈옥에서 무참히 죽인 사람들, 그들의 위령비를 세워 줘요. 그리고 그들 앞에서 당신이 용서를 비는 모습을 보고 싶군요."

"……."

"왜 대답이 없죠?"

"그게 전부인가?"

"다른 건 생각해 보고 더 있으면 그때 말할게요. 그러니 이것부터 해 줄 건지, 말 건지 대답해 줘요."

"시간이 좀 걸릴 거다."

"알아요. 그곳에 위령비를 세우려면 혈가부터 무너뜨려야 할 테니까요. 그러니 약속부터 해 줘요. 그럼 혈가를 무너뜨리는 데 나도 한 팔 거들죠."

"약속하지."

"약속했어요?"

"도장이라도 찍어 주랴?"

"흥!"

다시 휑하니 돌아서는 서령이었다.

연후도 대전각으로 걸었다.

"잠깐만요."

연후는 나지막이 한숨을 내쉬며 돌아섰다.

"나도 그럴듯한 검 한 자루만 만들어 줘요. 철이 차고 넘치니 그 정도는 해 줄 수 있겠죠?"

"검이 필요 없지 않나?"

"소수마공을 막 자랑하고 다니기를 바라세요?"

"……."

"기대하고 있을게요."

휘리릭!

연후는 한 마리 새처럼 전각을 뛰어넘는 서령을 응시하며 슬며시 미간을 좁혔다.

'조금씩 변하고 있다. 그녀 때문인가?'

서령에게서 느껴지는 변화의 조짐은 시간이 지날수록 또렷해지고 있었다. 연후는 동방리 때문이라 여겼다.

저도 도움이 되어 드리고 싶어요.

'이미 충분히 도움이 되고 있소.'

* * *

백야벌.

장로원주 서문회는 측근의 보고를 들으며 눈빛을 가라앉혔다.

"새로 세운 군영에서 머물겠다고 했단 말이냐?"

"예. 대지존이 머물 거처가 가장 빨리 완성되었다고 합니다. 그리고 호위들도 다시 뽑고 있다 합니다."

"호위를 다시 뽑아?"

"호위들 중에 대지존을 노린 살수가 있었다고 합니다. 해서 호위장 허도를 제외한 전원 교체로 가닥을 잡은 것 같습니다."

꿈틀.

서문회의 미간에 주름이 잡혔다.

'멍청한 것들.'

서문회는 의자에 깊숙이 몸을 파묻으며 지그시 눈을 감았다.

'내게서 최대한 떨어지겠다, 이건가? 아니면 다른 뜻이 있는 건가?'

소무백의 의도를 놓고 살짝 혼란이 일었다.

이건 전혀 예상하지 못한 흐름이었다. 승전을 거뒀으니 의기양양하게 돌아올 것이라 봤는데 계속해서 군영에 머물겠다니.

'놈에게 의도 따위가 있을 수 없지. 필시 철군악, 놈이 애송이를 움직이고 있을 터.'

반개한 눈동자 깊숙한 곳에서 살기가 일었다가 사라졌다.

"알았으니 그만 나가 보거라."

"예. 하면 쉬십시오."

측근이 물러가자 서문회는 손가락을 튕겼다.

딱.

그러자 뒤쪽 벽이 좌우로 벌어지며 한 사람이 모습을 드러냈다. 지극히 평범한 모습의 중년인이었다.

"철군악, 놈을 제거해야겠다."

"그자만 제거합니까?"

"애송이는 아직 쓸데가 많아."

"알겠습니다."

중년인이 다시 벽 속으로 사라지려 할 때, 서문회가 그를 불러 세웠다.

"잠깐."

"더 하명하실 게 있으신지요."

"그쪽에 사람을 보내서 돌아가는 상황을 제대로 파악하도록 해 봐. 황도의 피해가 어느 정도인지도 확인을 해 보도록 하고."

"알겠습니다."

"아직 말 안 끝났다."

"……."

"서장에 은자 백만 냥을 보내도록 해. 그 정도는 되어야 노부의 뜻이 제대로 전달될 터. 최대한 빨리 추진하도록 해."

"알겠습니다."

 중년인이 벽 속으로 사라지자 서문회는 자리에서 일어나 창문을 활짝 열어젖혔다.

 봄기운이 완연한 백야벌의 전경은 언제 봐도 아름다웠다. 하지만 서문회에게는 전혀 그렇지가 못했다.

 '대지존의 대리자라니……'

 연후를 떠올리자 애써 억눌렀던 속이 부글부글 끓어 올랐다.

 '눈앞에서 밀려드는 대막의 대군을 보고서도 병력을 돌려 황도를 칠 생각을 하다니. 내가 놈을 과소평가했구나.'

 감히 누구도 상상하지 못할 전략이었다.

 연후의 그 전략 때문에 전쟁은 허망하리만큼 빨리 끝나 버렸고, 그로 인해 계획에 크나큰 차질이 생기고 말았다.

 '그저 불쏘시개로 쓰고 버릴 생각으로 내버려 두었더니……'

6장
의문의 소림사

의문의 소림사

 철혈가로 날아드는 전서의 양은 하루에만 수십 통이 넘었다.
 대부분이 천하정세와 관련된 것이었고, 대막과 서장무림과 관련한 내용을 담은 전서도 상당수 포함되어 있었다.
 "서장이 상당한 피해를 입었군."
 연후는 대지진이 일어난 서장무림의 피해와 관련한 내용이 담긴 전서를 현진에게 넘겼다.
 내용을 확인한 현진이 말했다.
 "이 정도 피해라면 한동안은 침공을 걱정하지 않아도 될 듯합니다. 오히려 제가 서문회라면 이때를 노려 서장무림을 급습하겠습니다."
 "서문회가 너와 생각이 다르기를 바라야겠지."

"예?"

"한동안 너무 쉼 없이 달려왔다. 이제 당분간은 우리 스스로를 되돌아보며 재정비의 시간을 가져야 한다. 가장 우선해야 할 것은 연이은 전쟁으로 피곤이 가중된 무사들부터 제대로 쉴 수 있게끔 해 줘야 한다."

"지당하신 말씀이십니다. 하지만 백야벌이 급습을 결정하고 다시 동원령을 발동하면 어쩔 수 없이 병력을 보내야지 않겠습니까? 물론 그러지 않기를 바라야겠지만 말입니다."

"그건 그때 가서 고민을 해 보도록 하지."

"혹시 모르니 제가 최선의 방안을 미리 마련해 보도록 하겠습니다."

"그래 주면 고맙고."

연후는 확인하지 못한 전서를 펼쳤다. 그러다가 눈빛을 발했다.

너를 만나기 위해 삭주로 가려다가 다른 곳으로 발길을 돌렸다. 먼저 해결해야 할 일이 있어서…… 中略.
어쩌면 다시 못 보게 될 수도 있겠지만 하늘이 허락하여 다시 만나게 된다면…… 後略.

전서는 개방이 사용하는 문장을 달고 있었다. 하지만

전서를 보낸 이는 황태였다.

연후는 다시 못 볼 수도 있다는 글귀를 통해 황태가 적혼을 찾아가 끝장을 보려 한다는 것을 알 수 있었다. 황태가 죽을 수도 있다는 생각을 하니 기분이 묘했다.

'혼자서는 무리일 텐데…….'

"누가 보낸 전서입니까?"

"여기 잡아 놓았던 놈."

"아, 황태라는 사람 말이군요. 그자가 왜 주군께 전서를 보냈습니까?"

연후는 대답 대신 전서를 건넸다.

전서의 내용을 확인한 현진이 의아한 눈으로 연후를 응시했다.

"이자가 혈가의 가주와 양패구상을 하면 오히려 좋은 게 아니겠습니까?"

"그렇다고 봐야겠지."

"한데 표정이……."

"피곤해서 그러니 그만 가서 쉬도록 해."

"알겠습니다."

현진이 물러가자 연후는 창문을 열어젖혔다.

방음 때문에 창을 이중으로 해 놓아서 매우 조용했는데, 열기가 무섭게 곳곳에서 기합성이 쩌렁쩌렁 흘러나왔다.

철혈가에는 세 곳의 연무장이 있었다.

그중 한 곳은 기존의 무사들이 사용하고, 다른 두 곳은 시험을 통과한 낭인들의 훈련장으로 사용되고 있었다.

기합성은 세 곳 모두에서 흘러나오고 있었다.

'제대로 하고 있는 걸까?'

모든 것이 순조롭게 흘러가고 있었다.

하지만 결코 기뻐할 수만은 없었다.

북부무림이 발전할수록 적도 많아질 수밖에 없는 법. 어쩌면 이제 천하에서 자신과 북부무림이 가장 큰 적이 되었을지도 모를 일이었다.

당장은 장로원주 서문회가 주시하고 있을 터였다.

그래서 연후는 재정비의 시간을 갖고자 했다. 어떤 상황이 닥쳐와도 능히 버텨 낼 수 있을 만한 능력을 갖추는 것이 우선이었다.

그런 의미에서 보자면 서북무림으로부터 되찾은 두 개의 철광산이 엄청난 힘이 되어 주고 있었다.

열흘이 채 지나지 않았는데 벌써 은자로 오백만 냥을 확보했다. 더욱더 고무적인 것은 천하가 철 부족에 시달리면서 이후에 발생할 이득이 더 클 수밖에 없다는 점이었다.

'서장과 대막의 침공에 위협을 느낀 무림은 더욱더 무기 보강에 힘쓸 수밖에 없을 것이다.'

결과적으로는 서장과 대막의 침공이 북부무림에 엄청난 경제적 이득을 안겨 준 셈이나 다름없었다.

호사다마(好事多魔)라고 했던가?

이처럼 모든 것이 너무나도 순조롭기에 오히려 더 긴장하며 고삐를 조이고자 할 따름이었다.

"주군, 접니다."

문밖에서 철우의 목소리가 흘러들었다.

연후는 나지막이 숨을 고르고는 제자리로 돌아갔다.

"들어와."

철우가 문을 열고 들어섰다.

"하북에서 전서를 보내왔습니다."

연후는 철우가 건넨 전서를 펼쳤다.

하북팽가에서 열리는 구대문파와 오대세가의 회합과 관련한 정보를 염탐하기 위해 보낸 무사가 보낸 전서였다.

무림맹이라는 이름으로 연합체 구성에 뜻을 같이하였으나 맹주 선출에 이견이 생겨 결렬되었음. 후에 다시 회합을 갖기로 하였으나 일부 문파는 이미 하북을 떠난 것으로…… 後略.

'무림맹이라…….'

지금껏 없었던 연합체였다.

'백야벌과 주요 가문들이 건재한 이때에 무림이라는 이름을 쓰려 하다니……. 역시 사천성에서의 참패가 이들에게 자신감을 심어 준 것인가?'

"무슨 내용입니까?"

"읽어 봐."

연후가 건넨 전서를 확인한 철우가 어이가 없다는 듯 말했다.

"무림맹이라……. 이름 하나는 제법 거창합니다. 이러다가 과거 마도련처럼 한 방에 날아가는 건 아닌지 모르겠습니다."

과거 마도무림에서 마도련(魔道聯)이라는 연합체를 결성한 적이 있었다. 백야벌과 팔대가문의 분열이 극심했던 때를 노리고 나섰던 그들은 한 달도 버티지 못하고 궤멸당했다.

백야벌과 팔대가문이 자신들에게 위협이 될 거라 판단하고 모조리 쓸어버린 것이다.

연후는 서문회를 떠올렸다.

이 사실을 접했을 때 과연 그는 어떤 선택을 내릴까.

마도련처럼 싹이 트기도 전에 짓밟아 버릴까? 아니면 정파무림이어서 그냥 내버려 둘까?

"겁대가리가 없는 건지, 아니면 뭔가 믿는 구석이 있는 건지는 모르겠지만 이러다가 한바탕 또 피바람이 부는 건 아닌지 모르겠습니다."

"소림사의 장문인에 대해서 상세하게 파악을 해 봐야겠어. 무당과 화산의 말로는 그가 이번 일을 주도한다고 하더군. 네 말처럼 뭔가 믿는 구석이 있어서 이런 일을 벌인 것이면 배경이 뭔지 정도는 확인을 해 봐야지 않겠나."

"일단 땡중한테 넌지시 물어봐야겠습니다. 틈만 나면 장문인을 욕하는 걸 보면 사이가 꽤 좋지 않은 것 같던데 말입니다."

소환단 생산 때문에 연후가 데리고 온 혜몽을 말함이었다.

"놈은 열심히 하고 있나?"

"예. 이제 거의 마무리 단계에 접어들었습니다. 늦어도 가을이 시작되기 전에는 소량이나마 생산이 가능할 것 같습니다."

연후는 소환단에 거는 기대가 컸다. 비록 대량 생산은 불가능하지만 소량이라도 만들 수만 있다면 큰 도움이 될 터였다.

"놈을 만나 봐야겠어."

"땡중 말입니까?"

"그래."

의문의 소림사 〈219〉

연후는 철우와 함께 대전각을 나섰다. 나서기 전에 거처에 있던 술 한 병을 챙겼다.
 잠시 후, 그가 들른 곳은 약 냄새가 진동을 하는 한 전각이었다.
 안으로 들어서자 혜몽의 뒷모습이 가장 먼저 눈에 들어왔다. 탁자 위에 뭔가를 올려놓고 이것저것 만지작거리는 모습이 마치 커다란 곰이 웅크리고 앉아 있는 것 같았다.
 "어?"
 기척에 뒤를 돌아본 혜몽이 눈을 동그랗게 치뜨더니 이내 히죽 웃었다.
 "오셨습니까?"
 "일어서서 똑바로 예를 갖춰라."
 "놔둬."
 연후는 혜몽이 만지던 것을 응시했다.
 염소똥만 한 자그마한 환이었다.
 "이게 소환단인가?"
 "아직은 약초 덩어리에 불과합니다. 이걸 특별한 공간에 넣어서 몇 달간 숙성시키면 그때 소환단이 되는 겁니다."
 "술 한잔할까?"
 "크허! 좋습니다!"

잠시 후, 연후는 혜몽과 마주 앉았다.

"술부터……."

혜몽은 연후가 건넨 술을 물처럼 마시고는 히죽 웃었다.

"제게 무슨 볼일이라도……."

눈치 하나는 제법이었다.

연후는 바로 본론을 꺼냈다.

"너희 방장…… 아니, 장문인이라고 하는 게 좋겠군. 그 사람에 대해 물어볼 게 있다."

"……."

"무림맹이라고 들어 봤느냐?"

"어? 그걸 어떻게 아십니까?"

두 눈을 휘둥그레 치뜨는 혜몽의 태도에 연후는 그가 뭔가 알고 있다는 것을 직감했다.

"너희 장문인이 주도한다고 들었는데…… 그가 왜 무림맹을 출범시키려는지 그 이유를 알고 있느냐?"

"뻔합니다. 세력을 모아 놓고 대장질을 하고 싶은 거지요. 원래 튀지 못해 안달이 난 인간이라 이상할 것도 없습니다. 사문을 위해 한 것도 없이 그저 소싯적에 천축에서 수도승 생활을 한 것이 전부인데, 그런 인간을 장문인으로 추대한 사문의 영감탱이들이 더 문제입니다. 에이!"

벌컥벌컥!

연후는 혜몽이 술을 다 비울 때까지 기다렸다가 다른 것을 물었다.

"너희 사문에 너보다 강한 고수는 몇 명이나 되지?"

"글쎄요."

혜몽이 머리를 긁적이며 잠시 고민하는 듯하더니 이내 말을 이었다.

"개개인으로 따지면 스무 번째 안에는 들어갈 것 같은데……. 십팔나한과 백팔나한이 있고, 또 수련동에서 폐관수련에 들어가 있는 영감탱이들까지 더하면…… 제 위로 상당히 많다고 할 수 있겠습니다."

놀라운 말이었다.

연후가 본 혜몽의 무위는 상당한 수준이었다. 굳이 비교하자면 송영이나 서위량에 비해 반수 정도 떨어진다고 볼 수 있었다.

'소림사가 이 정도였다니…….'

[제대로 한번 알아봐야 할 것 같습니다.]

철우의 전음에 연후는 묵묵히 고개를 끄덕이고는 하나를 더 물었다.

"혹시 백야벌이나 팔대가문과 교류하고 있느냐?"

"그건 잘 모르겠습니다. 중요한 일은 지들끼리만 공유하는 터라……. 다만 장문인이 백야벌과 팔대가문에 대해 관심이 크다는 건 알고 있는데, 뭐 그거야 무림인이면

다 그런 거 아니겠습니까?"

연후는 혜몽의 눈을 똑바로 쳐다봤다.

'거짓말은 아니군.'

눈빛을 보니 거짓말을 하는 것 같지는 않았다.

"그만 가지."

"예."

연후가 일어서자 혜몽이 따라 일어서며 말했다.

"이 술…… 몇 병 더 주시면 안 됩니까? 제가 마셔 본 술 중에서 제일 끝내주는 것 같습니다."

"하는 거 봐서."

"열심히 하고 있습니다."

"더 열심히 해 봐."

"……예."

밖으로 나선 연후는 철우에게 지시했다.

"소림사 쪽에 사람을 더 붙이도록 해. 가장 먼저 백야벌이나 다른 가문에서 소림사를 찾은 적이 있는지 그것부터 알아보도록 해."

"알겠습니다."

연후는 거처가 아닌 낭인들이 수련하고 있는 연무장으로 향했다.

쩌렁쩌렁했던 기합성이 들리지 않는 것을 보니 휴식 시간인 모양이었다.

"당장 전투 부대에 배치시켜도 될 만한 친구들이 제법 있다고 합니다."
"무영이 그러던가?"
"예."
"다행이군."
잠시 후 연후는 연무장으로 들어섰다.
휴식을 취하고 있던 백무영과 조영이 그를 발견하고는 자리에서 일어나 머리를 조아렸다.
"엇!"
"주군께서 오셨다!"
연무장에 질서 있게 앉아서 휴식을 취하고 있던 낭인들이 일제히 일어나 군례를 취했다.
"충!"
"어서 오세요."
뜻밖에도 동방리와 서령이 와 있었다.
연후가 의아한 표정을 짓자 그녀는 연무장 한쪽을 가리키며 빙그레 웃었다.
"여무사들 수련은 제가 맡기로 했어요. 언니가 도와주시기로 했고요."
'언니?'
연후는 서령을 응시했다.
서령이 시큰둥한 표정을 지었다.

[내가 그러자고 한 거 아니니까 그런 눈으로 쳐다보지 마시죠?]

연후는 다시 동방리를 응시했다.

"사람을 너무 쉽게 믿지 마시오."

"제가 알아서 잘할 거니까 걱정 마세요."

[사람 앞에서 왜 무안을 주고 그러세요!]

육성과 전음을 거의 동시에 하다니. 제법이었다.

연후는 낭인들을 천천히 둘러보았다. 모두가 부동자세로 그를 주목하고 있었다.

연후는 흡족했다.

혹독한 수련으로 인해 저마다 지친 기색이 역력했지만 눈빛만큼은 또렷하게 살아 있었다.

"무영."

"예, 주군."

"일정 수준에 올라오면 혈왕군과 함께 훈련을 시켜 보도록 해. 견디지 못하면 함께할 자격이 없다는 것을 주지시켜 놓도록 하고."

"알겠습니다."

술렁술렁.

연무장이 술렁거렸다.

반응은 반반으로 갈렸다. 반기는 쪽과 이제 죽었구나, 하는 쪽으로.

뜻밖인 것은 여무사들의 반응이었다.

대략 오십 명쯤 될까? 그녀들은 혈왕군과의 합동 훈련을 크게 반기는 기색이었다.

동방리의 전음이 흘러들었다.

[여무사 대부분이 우리 북부를 제외한 다른 가문에 의해 멸문지화를 당한 가문의 후손들이더군요. 그래서 그런지 의지가 훨씬 더 강해요.]

이 말에 연후는 이채를 발했다.

이 부분은 미처 생각하지 못하고 있었다. 그렇다면 낭인들 중에도 그런 사람들이 있을 터.

'한이 깊으면 능력 이상의 힘을 발휘할 수 있을 터. 다음부터는 출신부터 확인을 해 봐야겠군.'

* * *

휘이잉!

강풍을 이기지 못한 숲이 이리저리 흔들리며 황태의 시야를 어지럽혔다.

하지만 두 눈은 한 치의 미동도 없이 한 곳을 향한 채 깊게 가라앉아 있었다.

기암괴석과 숲이 절묘한 조화를 이룬 절경의 한복판에 우뚝 솟아오른 거대한 성채.

바로 그가 평생을 몸담았던 혈가의 총단이었다.

'오늘이 이곳을 찾는 마지막이 될 것이다.'

황태는 모든 것을 끝내고자 했다.

철혈가에서 회복을 하며 오랜 시간 고민한 끝에 그는 판단을 내렸다. 동생을 죽인 진정한 흉수는 연후가 아니라 적혼이라고.

'차라리 내게 도와 달라 부탁을 했어야 했소. 설사 거절을 당할지언정 내 동생을 사지로 밀어 넣는 짓은 하지 말았어야 했소, 가주.'

싸아아······.

주변에 냉기가 뻗쳐 나갔다. 바람에 휩쓸린 나뭇잎들이 날아들었다가 냉기에 의해 하얗게 얼어붙었다.

황태는 장승처럼 그 자리에 서서 혈가의 총단을 바라봤다.

복수를 결심했으면 총단으로 들어가야 마땅했지만 그는 그 자리에서 미동조차 않았다. 적혼이 아직 돌아오지 않은 탓이었다.

혈가의 고수 하나를 통해 그것을 확인한 황태는 적혼이 돌아오기를 기다리는 중이었다.

그에게 적혼의 존재 유무를 말해 준 혈가의 고수는 그의 뒤에 혈도를 제압당한 채 쓰러져 있었다.

시간이 얼마나 흘렀을까.

황태는 천천히 돌아섰다.

총단으로 이어지는 좁고 가파른 잔도 너머에서 기척이 전해졌다. 결코 한두 명이 내는 기척이 아니었다.

황태는 잔도를 향해 천천히 걸었다. 그리고 아래를 내려다보니 숲을 헤치며 잔도를 향해 올라서는 혈가의 병력이 보였다.

사천성에서 돌아오는 혈가의 병력이 틀림없었다.

황태는 혈도를 제압해 둔 자에게로 다가가 혈도를 풀어 주었다.

"가서 가주에게 이것을 전해라."

"아, 알겠습니다."

혈가의 고수는 황태가 건넨 연통을 들고 황급히 잔도 아래로 몸을 날렸다.

잠시 후, 황태는 맞은편 절봉으로 올라가 그곳에서 적혼이 오기를 기다렸다.

혈가에 있을 때 지친 심신을 달래기 위해 자주 찾았던 그곳은 그의 부모가 묻힌 봉분이 있는 곳이었다. 봉분은 크고 화려했으며 지금도 깨끗하게 관리되어 있었다.

황태는 절을 하고 술을 따랐다.

쪼르륵.

"아우를 지켜 주지 못했습니다."

처음으로 황태의 눈빛이 흔들렸다.

그는 그렇게 부모의 봉분 앞에서 화석처럼 굳어 버렸다. 그리고 어둠이 내려앉고 초승달이 떠오를 때까지 움직이지 않았다.

휘이잉!

산짐승들이 나타났다가 황태를 보고는 그대로 달아나기를 얼마나 반복했을까?

황태의 뒤쪽에서 달빛에 반사된 그림자 하나가 길게 늘어졌다.

적혼이었다.

황태의 뒷모습을 바라보는 그의 눈빛은 복잡했다. 하지만 곧 평소의 차가움을 되찾으며 무겁게 입을 열었다.

"오랜만이군."

황태는 비로소 일어섰다. 그리고 천천히 돌아서서 적혼을 바라봤다.

"오랜만이오."

"안색을 보니 잘 지낸 것 같군."

"가주는 전혀 그렇지 못한 것 같소?"

"우여곡절이 좀 있었지."

스르릉.

적혼이 검을 뽑았다. 달빛을 받은 검이 시릴 정도로 파랗게 물들어 갔다.

황태도 검을 뽑았다.

스르릉.

그의 검은 아무런 변화조차 일으키지 않았다.

적혼이 황태를 직시하며 말했다.

"지금이라도 늦지 않았다. 돌아온다면 쌍수를 들고 환영할 사람이 나다, 황태."

"그러지 않을 거라는 걸 알고 왔지 않소."

휘이잉!

잠잠해졌던 바람이 다시 거세졌다.

바람을 이기지 못하고 솟구친 나뭇잎 하나가 황태의 시야를 가렸다.

바로 그때, 한 줄기 빛이 번뜩였다. 빛이 일어난 곳은 적혼이 아닌 좌측 숲이었다.

황태는 보법을 이용해 몸을 뒤로 빼면서 날아든 빛을 후려쳤다.

꽈앙!

그림자 하나가 뒤로 튕겼다.

황태는 그림자를 쫓지 않고 적혼을 직시했다. 불꽃이 일렁이는 눈동자 깊숙한 곳에서 경멸의 빛이 떠올랐다.

적혼은 그런 황태를 직시하며 차갑게 웃었다.

"내가 좀 다쳤다. 서장 놈들이 좀 억세야지. 아직 완벽하게 회복을 하지 못했으니 이 정도는 이해를 해 줘야지 않을까?"

"고맙소. 조금이나마 남아 있던 미련마저 깨끗하게 없애 줘서."

"아쉽군. 진즉에 말을 했더라면 방법을 달리했을 텐데 말이야."

콰아아!

적혼이 힘을 개방했다.

둘 사이에서 기의 폭풍이 일어나며 흙먼지가 마구 치솟았다.

사라졌던 그림자가 다시 나타났다. 그는 혈강시 이호였다.

황태는 자세를 바꿔 검을 비스듬히 늘어뜨렸다. 적혼 하나만도 벅찬데, 이호까지 왔으니 공격보다는 방어에 집중하며 일격필살의 기회를 노려야 했다.

그런데 이쯤에서 연후가 떠오르는 건 왜일까?

'술 한잔 기울이면서 용서해 주려고 했는데…….'

동생을 죽였지만 자신을 살려 주었다. 또한 기억을 잃은 척하며 지내던 자신을 존중해 준 연후였다.

어쩌면 그랬기에 적혼을 찾아온 것일지도 몰랐다. 용서하지 못했다면 이곳이 아니라 연후가 있는 북방으로 갔을 것이다.

"지금이라도 용서를 빌어라. 하면 용서를 받아 주겠다, 황태."

팟!
황태의 눈에서 살광이 터졌다.
"용서는 당신이 빌었어야지."
쾅!
견고했던 황태의 평정심이 깨지는 순간이었다.

　　　　　　　＊　＊　＊

달이 떠오른 밤.
연후는 뜻밖의 방문객을 맞았다.
"할 얘기가 있어요."
서령이었다.
연후는 잠시 그녀를 응시하다가 들어오라는 눈짓을 보냈다. 문을 열고 들어온 서령의 손에 술 한 병이 들려 있었다.
"술을 마셨나?"
"누구 덕분에 많이 늘었죠."
"무슨 일인지 용건이나 말해."
의자를 끌어다 앉은 서령이 술을 한 모금 마시고는 연후를 직시했다.
"귀찮은 척할 거면 그냥 갈래요."
"애처럼 굴 거냐?"

"흥!"

탁!

술병을 내려놓은 서령이 연후를 빤히 쳐다보며 물었다.

"광마의 검은 다 완성했나요?"

"그걸 물으려고 이 밤에 찾아온 거냐?"

"혈가를 때려 부수려면 그것만큼 중요한 건 없으니까요."

"아직 미완성이다."

연후는 잠시 고민하다가 사실대로 말했다. 왠지 사실대로 말을 해야 할 것 같은 기분이 들었다.

"다른 것들은요?"

"만족할 만큼 잘 사용하고 있다."

서령이 말문을 끊고 다시 연후를 빤히 쳐다봤다. 그러다가 연후가 슬며시 미간을 찡그리려 할 때 입을 열었다.

"미안하다고 한번 해 봐요."

"뭐?"

"미안하다고 하면 광마의 검에 얽힌 비밀을 말해 줄게요."

이번에는 연후가 말없이 서령을 직시했다. 그러다가 서령이 미간을 찡그리려 할 때 입을 열었다.

"그것 없이도 혈가 정도는 충분히 무너뜨릴 수 있다.

하니 그 말이 듣고 싶다면 그냥 돌아가라."

"흥! 사람들을 그렇게 무참히 죽여 놓고 미안하다는 말 한 마디 하는 게 그렇게 어려운가 보죠?"

"위령비로 합의한 거 아닌가?"

"북부인들이 당신의 진면목을 알아야 할 텐데……."

"숨긴 거 없고, 감출 생각도 없다."

"어련하실까."

벌컥벌컥!

탁!

"광마혼이라고 들어 봤나요?"

광마혼(狂魔魂)?

금시초문이었다.

"혈가의 신물이자 광마의 검을 완성시켜 줄 열쇠라고 보면 될 거예요. 물론 적혼이 가지고 있겠죠. 그건 혈가의 주군만이 지닐 수 있는 거니까요."

'역시 혈옥은 혈가와 관련이 있었군.'

이미 황태와 싸우면서 그의 무공을 통해 짐작한 바가 있었다.

"방법은?"

"광마혼을 복용하면 몸속에서 자연스럽게 반응이 일어날 거예요. 다만 그게 어떤 형태인지는 저도 몰라요."

"복용해야 한다면…… 내단 같은 건가?"

"혈옥에 그것까지는 적혀 있지 않아서 몰라요. 다만 복용을 해야 한다면 그와 비슷한 거라고 봐야겠죠."

연후는 미간을 좁혔다.

만약 광마혼이라는 게 광마의 내단이라면 적혼이 벌써 복용하고도 남을 일이었다.

그때 서령이 의문을 풀어 주었다.

"광마의 검을 익히지 못한 상태에서 광마혼을 먼저 복용하면 광마의 검은 영영 사라지게 될 거예요. 물론 광마혼의 효능도 함께 사라지죠. 이 사실을 모를 리 없는 적혼이니 광마혼을 복용했을 거라는 걱정은 하지 않아도 될 거예요."

광마의 검으로 인해 꽉 막혔던 부분이 해소되자 연후는 홀가분한 기분이었다.

"솔직히 당신이 혈옥에 들었을 때 저를 비롯한 모두가 얼마나 놀랐는지 몰라요. 우리는 무조건 혈가의 후예가 관문을 깰 거라 예상했거든요."

"그곳을 혈가가 지어서인가?"

"광마가 바로 혈가의 시조니까요. 물론 후세로 이어지면서 변질되긴 했지만요. 어쩌면 그 변질 때문에 천 년의 관문을 깨지 못했다고 볼 수도 있겠죠."

이 역시 금시초문이었다.

연후는 기분이 묘했다. 혈가의 가장 중요한 신비를 엉

뚱한 자신이 취한 셈이 아닌가.

'적혼이 펄쩍 뛸 만도 하겠군. 후후후.'

연후는 서령의 술을 한모금 마셨다.

탁.

"다른 건 없나?"

"없어요."

이쯤에서 연후는 이전부터 궁금했던 점을 물었다.

"너희는 어째서 혈옥의 관문지기가 된 거지?"

"우린 혈가의 후예들이에요. 물론 변질되기 이전의 혈가…… 달리 말하면 광마의 후예라고 해도 되겠군요. 그분의 유지에 의해 우리 선조들의 삶이 결정되었으니까요."

서령의 눈빛이 처음으로 흔들렸다. 혈옥에서의 삶을 떠올린 것이리라.

"그래도 우린 행복했어요. 당신이 모두를 죽이기 전까지는……."

"다시 말하지만 그들은 웃으며 죽어 갔다. 특히 마지막 관문지기는……."

"그만!"

벌컥벌컥!

서령이 남은 술을 모조리 비우고는 일어섰다. 그러고는 연후를 싸늘히 내려다보며 말했다.

"적혼은 당신이 예상하는 것보다 더 강한 인간이에요. 그러니 광마혼을 취하려면 당신도 지금보다 더 강해져야 할 거예요."

그 말을 끝으로 서령이 돌아갔다.

연후는 그녀가 두고 간 술병을 잠시 응시하다가 창가로 걸어가 창문을 열어젖혔다.

휘이잉.

한결 따뜻해진 바람이 들이쳐 연후의 전신을 할퀴고 지나갔다.

대전각을 나서는 서령이 눈에 들어왔다. 연후는 거처로 걸어가는 서령의 뒷모습에서 눈을 떼지 않았다.

-미안하다는 말 한마디 하는 게 그렇게 어렵나 보죠?

조금 전 서령이 했던 말이 귓속에서 아른거렸다. 뒤이어 서령을 부탁하며 죽어 가던 마지막 관문지기의 애틋한 얼굴이 떠올랐다.

'말 한 마디로 한이 풀어진다면…….'

그때였다.

서령이 걸음을 멈추고 뒤돌아섰다.

둘의 시선이 허공을 격하고 얽혀 들었다. 연후의 미간에 주름이 잡힌 것은 서령의 이어진 행동 때문이었다.

그녀는 중지를 세워 보이고 있었다.
"……."
연후는 그것이 서역인들이 상대를 향해 욕설을 할 때 하는 행동이라는 것을 알고 있었다.
어이는 없었지만 화가 나지는 않았다. 오히려 실소가 나왔다.
그가 웃자 서령은 한 번 더 손가락 욕설을 퍼붓고는 자신의 거처로 들어가 버렸다.
연후는 시선을 들어 서쪽을 바라봤다.

-적혼은 당신이 상상하는 이상으로 강한 인간이에요.

서령의 경고에 이어 황태가 떠올랐다.
'어쩌면 다시 돌아오지 못할 수도 있겠군.'

* * *

후두둑.
황태의 몸에서 떨어진 피가 땅을 붉게 물들였다.
살짝 벌어진 입술을 통해 흘러나오는 거친 숨결에서 진한 탁기가 묻어났다. 내상까지 입은 것이다.
하지만 눈빛은 더욱더 사납게 이글거렸고, 강기를 머금

은 검은 여전히 날카로움을 유지하고 있었다.

그런 황태를 바라보는 적혼의 두 눈은 경악으로 가늘게 흔들리고 있었다.

'이런 놈을 죽여야 하다니⋯⋯.'

황태의 마음을 얻기 위해 할 수 있는 모든 것을 했다. 하지만 도무지 열리지 않는 그의 마음을 무너뜨리기 위해 어쩔 수 없이 황태의 동생을 이용할 수밖에 없었다.

계략은 성공했고, 황태는 드디어 폐관수련을 깨고 자신의 곁에 섰다. 그때까지만 해도 천하를 얻은 것 같았다.

하지만 장로 가륵이 비밀을 누설하면서 모든 것이 어긋나 버렸고, 결국 지금은 서로를 죽이기 위해 칼끝을 겨누는 처지가 되고 말았다.

황태의 가공할 무력을 보면 볼수록 적혼은 안타까움에 치를 떨어야 했다. 저 강력한 힘은 온전히 자신을 위해 쓰여야만 하는 것이었다.

더불어 분노가 치밀었다. 저 강력한 힘으로도 연후를 죽이지 못했다는 것을 도저히 납득할 수가 없었다.

"본 좌가 비록 네 아우를 이용했다 해도 네 아우를 죽인 것은 이연후 그놈이거늘, 어찌하여 본 좌에게 복수의 검을 내미는 것이냐!"

"내 아우는 누구보다 무혼이 강한 아이였소. 전장에서 자신보다 더 강한 적에게 죽는 것을 결코 수치스럽게 여기지 않았을 것이오. 하지만 당신은 그런 아이를 더러운 음모의 희생양으로 삼았소. 내가 용서할 수 없는 것은 바로 그것이오."

꿈틀.

적혼의 검미가 날카롭게 휘어졌다.

"하면 이연후, 놈은 용서했단 말이냐?"

"당신을 죽이고 그와 함께 술 한잔하면서 모든 것을 털어 낼 생각이었소. 그는 용서받을 자격이 있는 사람이니까."

바르르…….

세차게 흔들리는 적혼의 눈동자에 분노의 불길이 활활 타오르기 시작했다. 분노의 이면에는 여인의 그것보다 몇 십 배는 더 강한 질투심이 섞여 있었다.

"본 좌가 네놈을 어떻게 대해 줬는데…….."

"내 아우를 더러운 음모의 희생양으로 삼았을 때부터 당신과 나의 관계는 끝났소."

파스스…….

황태의 주변에서 흙먼지가 치솟기 시작했다.

뒤이어 강기를 머금은 검이 두 배로 쭉 늘어나는 것 같더니 서서히 핏빛을 띠었다.

혈마진기의 발현이었다.

그런 황태에게서 조금 떨어진 곳에 이호가 있었다.

하지만 이호는 더 이상 싸울 수 없는 상태였다. 왼팔과 오른다리가 몸에서 떨어져 나가고 없었다. 어떻게든 움직이려면 생혈이 필요했는데, 지금 이곳에서 생혈을 취할 방법은 없었다.

그러나 이호를 불능의 상태로 빠트린 대가로 황태 역시 심각한 내상을 입어야 했다.

적혼의 두 눈이 살광을 터트렸다.

"세상에서 가장 고통스럽게 죽여 주마."

콰우우!

적혼의 검 역시 혈마진기로 인해 핏빛을 머금었다. 그런데 그 색이 황태의 것보다 더 짙고 강렬했으며 움직임 또한 맹렬했다.

황태는 지그시 눈을 감았다.

'모든 힘을 끌어내어 일격에 끝장을 본다.'

황태의 몸속에서 변화가 일어나기 시작했다. 사람으로 태어나면 자연적으로 갖게 되는 선천지기까지 공력에 끌어 담으면서 일어난 변화였다.

휘이잉!

거센 바람이 황태의 전신을 쓸고 지나갔다. 뒤이어 치솟던 흙먼지가 적혼을 향해 밀려갈 때, 황태는 검과 하나가 되어 뛰쳐나갔다.

쾅!

동시에 적혼의 검이 허공을 갈랐다.

황태는 어깨를 향해 떨어지는 적혼의 검은 무시하고 더욱더 빠른 속도로 들이쳤다.

"……!"

이대로면 최소한 양패구상이 될 수밖에 없는 상황.

하지만 적혼은 웃고 있었다.

"그 몸으론 어림도 없다!"

꽝!

두 절대고수의 검과 검이 정면으로 부딪치며 폭발과 함께 섬광이 일었다.

폭음 속에서 적혼의 노호성이 터졌다.

"네놈은 죽어서도 나의 종이 되어야 한다, 황태!"

꽝!

다시 한번 섬광이 일었고, 황태는 바람에 휩쓸린 나뭇잎처럼 뒤로 튕겨 날아갔다.

그런 황태를 기다리고 있는 것은 끝을 모를 천장단애였다.

적혼의 눈에 독기가 어렸다.

"일말의 가능성조차 짓밟아 주마."

그는 황태가 천장단애로 떨어지는 것조차 용납할 생각이 없었다. 무조건 자신의 보는 앞에서 목이 떨어지는 것을 확인할 생각이었다.

그때였다.

"컥!"

황태의 숨통을 확실히 끊어 버리기 위해서 땅을 박차고 뛰어오르려 했던 적혼이 돌연 가슴을 움켜쥐며 상체를 웅크렸다.

주르륵.

손가락 사이로 흘러내리는 선혈.

더불어 불신으로 흔들리는 두 눈동자.

"도대체 언제……."

부러진 황태의 검이 가슴에 박혀 있었다.

퍽!

황태는 천장단애로 떨어지지 않았다. 간발의 차이로 단애의 끝에 내려선 그는 피를 흘리는 적혼을 응시하며 나지막이 부르짖었다.

"하늘이 도와 살아난다면…… 다시 당신을 찾아올 것이오."

와락.

황태는 손을 뻗어 이호의 목을 움켜쥐었다. 그러고는 천장단애로 몸을 던졌다.

번쩍!

적혼의 몸에서 일어난 한 줄기 빛이 황태를 덮쳤다.

허공에서 황태의 피가 튀었다. 그리고 이내 끝을 모를 어둠 속으로 추락했다.

쿵!

 단애의 끝에 내려선 적혼은 황태를 집어삼킨 어둠을 내려다보며 이를 악물었다.

 "네놈의 죽음을 확인하고야 말리라."

 하지만 적혼은 단애를 내려가지 못했다. 한 걸음 떼려고 한 순간, 황태의 검이 박힌 곳에서 극심한 통증이 올라오며 온몸에서 힘이 좍 빠져나간 탓이었다.

 휘청.

 적혼은 손을 뻗어 바위를 짚으며 소리쳤다.

 "속히 내려가서 놈의 생사를 확인해라! 살아 있으면 목을 베어 본 좌에게 가져오너라!"

 하지만 이곳에 충성스러운 수하들은 아무도 없었다.

 적혼은 뒤늦게 자신과 이호만이 이곳으로 왔다는 것을 깨달았다.

 으드득.

 "사천성에서 입은 부상만 아니었다면…… 크아악!"

 주체할 수 없는 분노에 적혼은 치를 떨다가 기어코 괴성을 터트리고 말았다.

　　　　　　* * *

 송영이 연후의 거처를 찾았다.

그는 두툼한 장부 하나를 탁자 위에 펼쳐 놓고 조목조목 보고를 이어 갔다.

모든 것이 순조로웠는데, 마지막에 송영이 머리를 긁적이며 난감한 표정을 지었다.

"작년 작물 수확량이 좋지 못해 양곡 구입비가 예상보다 세 배는 더 늘어날 것 같습니다. 은자로 환산하면 거의 오백만 냥에 달하는 거액이라서……. 더 큰 문제는 그만한 양곡을 사 올 만한 곳을 찾기가 매우 어렵다는 점입니다."

"한곳에서 힘들면 여러 곳에서 나누어 사들이면 되지 않느냐?"

"사람들을 풀어 곳곳에 수소문을 해 봤지만, 현재까지 확보된 양은 목표치의 삼 할에도 미치지 못하는 상황입니다. 유난히 잦았던 태풍 때문에 다른 지역도 저희와 마찬가지로 타격이 심한 것 같습니다."

"그래도 더 나은 곳이 있을 테니 다시 한번 알아보도록 해."

"알겠습니다. 그리고……."

송영이 장부의 마지막 장을 가리켰다.

"황하수련이 지배하던 지역의 수로에 지을 포구와 그곳의 치안을 담당할 전함을 건조하는 데 필요한 재원 확보도 최소한 가을 이후로 미뤄야 할 것 같습니다. 현재의 재정 상태로는 양곡 구입만으로도 벅찬 상황이라……."

연후는 의자에 깊숙이 몸을 묻으며 눈빛을 가라앉혔다.

덩치가 커질수록 들어가는 돈도 만만치 않았다. 당장 늘어나는 무사들에게 투입되는 재정만도 어마어마한 수준이었다.

"무사들에게 투입되는 재정을 조금 줄이는 것이 어떻겠습니까?"

"안 될 소리. 그건 마지막에 고려해야 할 사안이다. 일단은 총력을 기울여서 할 수 있는 데까지 해 보도록 해."

"……예."

그때였다.

철우가 들어왔다.

"이자가 주군을 꼭 뵈어야 한다며 고집을 부리고 있습니다."

연후는 철우의 뒤를 응시했다. 추레한 몰골을 한 청년이 잔뜩 긴장한 채로 서 있었다.

"무슨 일이지?"

"주군께 직접 전해 드려야 할 전서가 있다고 합니다."

"들여보내."

"예."

청년이 황급히 안으로 들어섰다.

"어, 어떤 분께서 이것을 전해 드리라고 했습니다."

연후는 청년이 건넨 전서를 펼쳤다.

나를 한 번 더 살려 줘야겠다. 이것을 가지고 간 놈이 내가 있는 곳을 알고 있으니…… 後略.

전서는 황태가 보낸 것이었다.

* * *

이름조차 생소한 작은 도시.
혈가의 총단에서 멀지 않은 곳에 위치한 그곳에 살벌한 기운이 휘몰아쳤다.
도시 곳곳에서 혈가의 고수들이 누군가를 찾겠다며 이 잡듯 하고 다니는 바람에 사람들은 두려움에 몸을 떨어야 했다.
쾅!
혈가의 고수들이 외곽의 한 객잔으로 들어섰다.
"모두 그 자리에서 꼼짝하지 말거라!"
혈가의 고수들은 공포에 질린 사람들을 샅샅이 살폈다. 몇몇은 객실로 뛰어 올라갔다.
잠시 후 객실로 올라갔던 자들이 내려오며 고개를 저었다.

"여기도 없습니다."

"똑바로 살펴보았느냐?"

"예. 지붕까지 샅샅이 살펴보았습니다."

"빌어먹을……. 주군의 말씀으로는 크게 다쳐서 멀리 가지 못했을 거라 하셨는데……."

"도시 주변의 관제묘나 사당까지 모조리 뒤지고 있으니 곧 흔적이 나올 것입니다."

"다른 곳으로 간다."

"예!"

혈가의 고수들이 떠나자 사람들은 가슴을 쓸어내렸다. 그중 한 명이 분통을 터트렸다.

"허구한 날 이게 뭐냐. 어디 숨도 제대로 쉬며 살 수가 없네. 귀신은 저런 놈들을 잡아가지 않고 뭘 하는지……."

"그러게 말이네. 명색이 백야벌의 팔대가문이면서 힘없는 백성들을 이리도 사납게 대하다니……. 이참에 모조리 싸 들고 북부로 이사를 가든가 해야지. 어디 저 작자들 무서워서 하룬들 제대로 살겠는가. 허어……."

몇몇이 한탄을 했지만 대부분은 그것조차 두려워 반도 채 먹지 않은 음식을 남겨 놓고 객잔을 떠났다.

그렇게 얼마 지나지 않아 객잔은 텅텅 비어 버렸다.

그리고 잠시 후 객잔 안으로 세 사람이 들어섰다. 그중 한 명은 연후에게 황태의 전서를 전했던 청년이었다.

그가 들어서자 객잔 한쪽에서 두려움에 떨고 앉았던 점소이가 일어섰다. 그런데 일어설 때의 표정과 눈빛은 두려움에 떨던 자의 그것과는 확연히 달랐다.

점소이는 청년을 향해 눈짓을 보냈다.

그러자 청년이 함께 온 두 사람을 돌아보며 주방을 가리켰다.

그들은 철우와 백무영이었다. 다만 인피면구를 쓰고 있어서 완전히 다른 사람의 얼굴을 하고 있었다.

철우와 백무영은 점소이를 따라 주방으로 들어갔다.

"이쪽으로."

점소이가 주방 가장 깊숙한 곳으로 들어가더니 벽의 한 부분을 꾹 눌렀다. 그러자 벽이 좌우로 갈라지며 좁은 통로가 나타났다.

통로는 땅을 파서 만든 굴이었다.

굴을 따라 한참을 이동하자 또 다른 땅굴로 이어졌고, 오십 장 정도를 더 이동한 끝에 모두는 지상으로 올라섰다. 놀랍게도 그들이 올라선 곳은 평범한 민가의 허름한 방이었다.

철우와 백무영은 침상에 누워 있는 황태를 발견하고는 점소이에게 물었다.

"여긴 안전한 곳인가?"

"걱정 마시오. 벌써 두 차례나 뒤지고 돌아갔으니 다시는 오지 않을 거요."

 철우는 침상으로 다가갔다.

 그때 황태가 상체를 일으켰다. 작은 움직임조차 힘들었는지 얼굴이 금방 땀으로 범벅이 되었다. 그는 흐릿한 눈빛으로 철우와 백무영을 응시했다.

 "낯선 얼굴이군."

 철우는 말없이 인피면구를 벗었다.

 황태의 두 눈에 이채가 어리는가 싶더니 이내 흐릿한 미소를 머금었다.

 "그림자와 같은 너를 보내다니……. 이러면 더더욱 용서하지 않을 수가 없게 되어 버렸군. 후후후."

 "입을 잘도 놀리는 것을 보니 죽을 걱정은 하지 않아도 되겠군."

 "한데 두 사람만 왔나?"

 "우리 둘이면 충분하지 않을까 싶은데."

 철우의 그 말에 황태가 백무영을 응시했다.

 백무영은 아직 인피면구를 벗지 않았다. 그는 황태를 직시하다가 점소이를 돌아보며 무심히 물었다.

 "언제쯤이면 움직일 수 있겠나."

 "귀한 약을 드셨으니 닷새 정도만 지나면 거동은 충분하실 거요."

 "그럼 그때 떠나도록 하지."

"누군지 정체부터 좀 알면 안 될까?"
그때 철우가 황태에게 백무영이 누군지 전음을 알렸다. 그러자 황태의 두 눈에 다시 한번 이채가 어렸다.
'그는 나를 진심으로 대하고 있구나.'

7장
백무영의 분노

백무영의 분노

"아직도 놈을 찾아내지 못했단 말이냐!"

적혼의 얼굴이 노기로 인해 벌겋게 달아올랐다.

황태를 찾아 나선 지 벌써 여섯 날이 지났다. 또한 동원된 병력만 수천이 넘었다.

그동안 네 곳의 도시를 이 잡듯 뒤졌고, 온 산을 두 번에 걸쳐 수색했지만 황태는 발견되지 않았다.

측근이 조심스럽게 말했다.

"강에 빠져 죽었을 경우를 생각해 강 하류까지 무사들을 보내 두었으니 조금만 더 기다려 보시지요. 물살이 거세 다른 성까지 떠내려갔을 수도 있습니다."

"그렇습니다. 이호의 사체까지 발견되지 않은 것을 보면 하류로 함께 떠내려갔을 가능성이 매우 높다고 볼 수 있습니다."

 충분히 가능성이 있는 말이었다.

 하지만 적혼은 좀처럼 공감하지 못했다. 그는 추락 직전에 보았던 황태의 눈빛을 똑똑히 기억하고 있었다.

 '시신을 확인하기 전까지는 결코 안심할 수 없다.'

 "마폐탕을 가져오너라."

 "예."

 마폐탕은 통증을 잊게 해 주는 일종의 마약이었다. 적혼은 군의가 가져다준 마폐탕을 마신 후에 측근들을 향해 명령을 내렸다.

 "살아 있다면 필시 도시 어딘가에 숨어 있을 것이다. 놈을 돕는 세력이 있다면 얼마든지 우리의 수색망을 피할 수 있을 터. 지금부터 조금이라도 의심이 가는 곳이 있다면 그곳에 거주하는 자들을 족쳐서라도 놈의 행적을 찾아야 할 것이다. 족쳐서 안 되면 모조리 죽여서라도 반드시 찾아내어야 한다. 알겠느냐?"

 "존명!"

 잔혹한 명령을 받은 자들이 일제히 대전을 빠져나갔다.

 적혼은 남은 마폐탕을 마저 비우고는 태사의에 깊숙이 몸을 묻었다.

당신을 죽이고 그와 함께 술 한잔하면서 모든 것을 털어낼 생각이었소. 그는 용서받을 자격이 있는 사람이니까.

황태의 그 말이 머릿속에서 좀처럼 사라지지 않았다. 그러자 애써 억눌렀던 분노가 다시 치밀어 올랐다.

'본 좌가 아니라 놈을 용서해?'

화아악!

적혼의 얼굴이 무참히 일그러졌다. 아직 마폐탕이 효능을 발휘하기 전이었던 까닭에 부상 부위에서 극심한 통증이 올라온 것이다.

대전 한쪽에서 머물던 군의가 황급히 다가왔다.

"고정하십시오, 주군. 이러시면 상처가 또 덧나게 됩니다."

적혼에게 가장 필요한 것은 심리적 안정이었다. 그는 며칠째 화를 억누르지 못해 스스로 회복이 더디게 만들고 있었다.

'처음부터 죽이자고 했으면 충분히 죽일 수 있었다.'

적혼은 황태를 죽일 생각이 없었다. 하지만 그렇다고 그를 자신의 휘하로 다시 끌어들일 생각도 없었다. 그렇다면 왜 최선을 다하지 않은 걸까?

'놈을 혈강시로 만들어야 했는데…….'

그랬다.

적혼은 황태를 혈강시로 만들 생각이었다. 그래서 수치심마저 무릅쓰고 혈강시 이호를 현장에 데려간 것이다.

하지만 결과는 황태를 놓치고 이호마저 잃었으며, 남은 것이라고는 주체하지 못할 극심한 분노뿐이었다.

"마폐탕을 한 잔 더 가져오너라."

"너무 많이 드시면 해롭습……알겠습니다."

적혼의 무시무시한 눈빛에 놀란 군의가 황급히 대전을 빠져나갔다.

적혼은 환부를 손으로 지그시 누르며 어금니를 악물었다.

'지옥 끝까지 쫓아가서라도 네놈을 찾고야 만다.'

* * *

촤아악!

달빛이 내려앉은 강을 빠르게 헤치며 나아가는 배 한 척이 있었다. 속도에 특화된 쾌속선이었다.

다행히 북풍이 강하게 불어 쾌속선은 평소보다 더 빠른 속도로 강물을 헤쳤다.

"잔혹한 놈들."

선미에 서서 후방을 바라보는 백무영의 눈빛이 무겁게 가라앉아 있었다. 황태를 미리 준비해 놓은 쾌속선으로 데려오는 도중에 마구잡이로 사람들을 죽이는 혈가의 만행을 목도한 탓이었다.

미처 화를 피하지 못한 노약자들의 참혹한 주검이 백무영의 머릿속에서 좀처럼 떠나지 않고 있었다.

철우가 선실을 힐끗 쳐다보며 말했다.

"그만큼 저자가 중요하다는 게 아니겠소."

"아무리 그래도 이건 아니다."

"……."

철우는 그만 입을 다물었다. 백무영이 이렇게 분노하는 것은 처음이었다.

그때 청년 두 명이 다가왔다. 황태가 숨어 있었던 객잔의 점소이와 연후에게 전서를 가져왔던 청년이었다.

그들은 황태의 동생을 따르던 자들이었다.

"전주님을 대신하여 감사드립니다."

백무영은 그들을 쳐다보지도 않았고, 철우가 대신 묵묵히 고개를 끄덕여 답을 대신했다.

철우가 물었다.

"저들이 계속 쫓을 거라 보나?"

"……가주는 끝을 봐야 직성이 풀리는 사람입니다. 무고한 사람들까지 죽여 가면서 뒤를 쫓는 것을 보면 절대 포기하지 않을 겁니다."

"너희 전주가 그렇게 중요한 자인가?"

"가주는 전주님을 수하 이상으로 생각했습니다. 저희들이 아는 것은 그것뿐입니다."

그때였다.

"전방에 수상한 배가 있습니다."

선수에서 나지막한 외침이 울렸다.

철우와 백무영은 재빨리 선수로 이동했다. 그곳에 두 명의 청포인이 있었는데, 황태를 데리러 올 때, 함께 온 해적들이었다.

철우와 백무영은 해적이 가리킨 전방을 응시했다. 자신들이 타고 있는 배보다 두 배는 더 큰 배 두 척이 강물을 거꾸로 거슬러 올라오고 있었다.

철우가 혈가의 청년들을 돌아봤다.

"혈가의 배인가?"

"아직 거리가 멀어서 잘 모르겠습니다."

척.

철우가 청년의 등을 통해 진기를 불어넣었다. 그러자 청년이 두 눈을 부릅떴다.

"맞습니다. 본 가의 배가 틀림없습니다."

철컥철컥.

백무영이 창을 내렸다.

"내가 해결하지."

"조심하시오."

철우의 경고성이 채 끝나기도 전에 백무영이 강물로 뛰어내렸다.

파파팟!

그가 지나간 곳에서 치솟는 물보라에 두 청년과 해적들이 경악을 금치 못했다.

"속도를 유지한다."

"……예."

촤아악!

쾌속선은 속도와 방향을 그대로 유지했다.

챙챙!

혈가의 두 청년이 검을 뽑았다.

철우가 그들을 돌아보며 피식 웃었다.

"도로 넣어 둬라."

"……."

그때였다.

"크아악!"

"으아악!"

전방에서 처절한 단말마가 터졌다. 백무영이 배 위로 올라선 것이다.

철우가 그 모습을 바라보며 피식 웃었다.

"운이 없는 놈들이군. 하필이면 화가 잔뜩 나 있을 때 걸려들다니……."

콰쾅!

 뭘 어떻게 했는지 먼저 뛰어든 배에서 폭발과 함께 불기둥이 치솟았다.

 한순간 주변이 대낮처럼 밝아지며 모두는 다른 배로 몸을 날리는 백무영의 모습을 똑똑히 볼 수 있었다. 그다음도 마찬가지였다.

"크아악!"

"으악!"

 처절한 단말마가 끝없이 터졌다.

 그리고 얼마 지나지 않아 두 번째 배마저도 화염에 휩싸였다.

화르륵!

 철우는 경악에 두 눈을 부릅뜬 혈가의 청년들을 돌아봤다.

"평소에도 이곳에 배를 띄우나?"

"아닙니다."

"하면 저자를 쫓아왔단 말이군."

"가주는…… 전주님의 시신이라도 찾아야 끝을 볼 사람이니까요. 한데 저분은…… 누구십니까?"

"궁금해도 참아."

 그때 충천한 화염 너머에서 백무영이 한 마리 새처럼 떨어져 내렸다.

쿵!

혈가의 두 청년은 본능적으로 뒤로 물러섰다.

백무영은 아무 일도 없었다는 듯 해적들을 향해 지시했다.

"돛에 불이 붙지 않게 조심해라."

"염려 마십시오! 이 정도는 일도 아닙니다!"

촤아악!

배는 유연하게 방향을 틀며 화염에 휩싸인 두 척의 배 사이를 뚫고 지나갔다.

철우가 백무영을 빤히 쳐다봤다.

"이제 화가 좀 풀렸소?"

"무슨 일 있었나?"

"후후후."

짜자작.

백무영의 두 손에서 수십 개의 빛줄기가 일었다. 그는 물에 빠져 허우적거리는 혈가의 부상자들조차 용서할 마음이 없었다.

퍼퍼퍽!

"크아악!"

"크악!"

그때였다.

물속에서 두 줄기 물기둥이 솟구치며 그 속에서 섬뜩한

기운이 날아들었다.
 하지만 철우의 검이 더 빨랐다.
 퍼퍽!
 "컥!"
 외마디 비명과 함께 뭔가 갑판 위로 떨어졌다. 잘린 머리였다.
 혈가의 두 청년은 눈빛을 떨었다.
 잔혹하기로 정평이 나 있는 혈가의 소속원인 그들조차도 지금껏 한 번도 본 적이 없는 무자비한 광경이었다.
 그때 백무영이 그들을 돌아봤다.
 시선이 마주친 두 청년은 마치 비단뱀과 마주친 원숭이처럼 그 자리에 얼어붙었다.
 "혈가의 영내를 벗어날 때까지 위험한 지역이 나타나면 그때그때 미리 말하도록. 알겠나?"
 "……알겠습니다."

* * *

 백야벌.
 장로원주 서문회는 호위 한 명만 대동한 채 백야벌의 정문을 넘어섰다.
 그가 향한 곳은 백야벌에서 반나절 거리에 떨어져 있는

도시의 외곽이었다.

목적지로 향하던 서문회가 갑자기 사라진 것은 도시의 저잣거리에 이르렀을 때였다. 그곳에서 그는 완전히 다른 사람으로 변장을 하고 다시 목적지로 향했다.

그리고 잠시 후, 외곽의 평범한 장원으로 들어서는 그를 한 중년인이 맞았다.

"어서 오십시오."

"있느냐?"

"예."

서문회는 곧장 안으로 들어갔다.

"어서 오십시오."

한 백포인이 일어서며 머리를 조아렸다.

백포인을 쳐다보는 서문회의 눈빛은 결코 호의적이지 못했다. 은은한 노기마저 담긴 눈빛에도 백포인은 담담히 자리에 앉았다.

"겁도 없이 이곳까지 오다니……. 너희들이 미쳐도 단단히 미친 모양이구나."

"저는 그저 대원수의 명에 따를 뿐입니다."

여기서 대원수가 왜 거론되는 걸까?

백포인이 담담히 말을 이었다.

"대원수께서는 후방을 교란해 주겠다는 약속을 지키지 않은 것 때문에 매우 진노하고 계십니다. 하여 자초지종을 여쭙고자 찾아뵈었습니다."

실룩.

서문회의 눈가가 살짝 꿈틀거렸다. 화가 나면 자연스럽게 나타나는 습관이었다.

"한낱 적랑단 따위에 놀라 철군을 한 것은 너희들이 아니냐."

"그것과는 별개로 대원수께서는 약속을 지키지 않은 것에 진노하고 계십니다. 약속대로 후방을 교란했더라면 적랑단이 황도를 공격한다 해도 결코 병력을 물리지 않았을 것입니다."

"약속을 지키지 않다니!"

쾅!

서문회가 탁자를 강하게 내리치면서 찻잔이 사방으로 튀었다. 차가 튀어 얼굴을 적셨지만 백포인은 닦을 생각도 없이 그저 조용히 서문회를 바라볼 뿐이었다.

서문회가 노기 가득한 눈으로 말을 이었다.

"십 년에 걸쳐 비밀리에 양성한 정예 병력이 너희들이 철군을 해 버리는 바람에 아무것도 해 보지 못하고 중원을 떠나야 했다. 그동안 비밀 유지를 위해 들인 공이 얼만데, 감히 내 앞에서 약속 운운하는 것이냐!"

"하면 병력을 움직였단 말씀이신지요?"

"네놈에게 믿어 달라 사정이라도 할까?"

싸아아……

서문회의 두 눈에서 살광이 일었지만 백포인은 여전히 담담함을 잃지 않았다.

"알겠습니다. 하면 그리 전하겠습니다."

백포인이 자리에서 일어나 머리를 조아렸다.

서문회는 돌아서려는 백포인을 불러세웠다.

"잠깐."

"하문하실 게 있으신지요?"

"언제 다시 병력을 움직일 예정이냐?"

"그건 기약할 수가 없을 것 같습니다. 이번 적랑단의 기습 공격으로 황상께서 매우 놀라신 터라……. 대원수께서도 함부로 병력을 움직일 수가 없게 되었습니다."

꿈틀.

날카롭게 휘어지는 서문회의 눈썹.

"지금 나를 놀리는 것이냐? 대원수가 언제부터 황제의 눈치를 살폈단 말이냐!"

"속하는 그저 윗분들의 뜻을 그대로 전했을 뿐입니다. 하면 소인은 이만 물러가겠습니다."

백포인이 머리를 조아리고는 방을 빠져나갔다.

"들어오너라."

서문회의 부름에 입구에서 서문회를 맞았던 중년인이 들어왔다.

"저놈을 따라 대막으로 가거라. 가서 뭐가 어떻게 돌아가는지 면밀히 살펴보고 이상 징후가 보이면 그 즉시 보고토록 해라."

"알겠습니다."

중년인마저 방을 빠져나가자 서문회는 자리를 박차고 일어섰다.

"화양루로 갈 것이다."

화양루는 서문회의 숨겨 놓은 애첩이 있는 곳이었다. 평소에도 눈에 띄지 않게 백야벌을 나와 자주 찾곤 하는 그곳이 유일하게 일탈이 가능한 그만의 왕국이었다.

그때였다.

장원에서 거주하는 장한 하나가 다과를 들고 들어서다가 화양루로 가겠다는 서문회의 말을 듣고는 조심스럽게 입을 열었다.

"전장에서 돌아온 천추검단의 무사들이 휴가를 즐기기 위해 온 도시에 쫙 깔렸습니다. 화양루에도 있을 수 있으니 아무래도 오늘은 가지 않으시는 것이……."

짝!

서문회가 장한의 뺨을 후려갈겼다. 얼마나 강하게 때렸는지 대번에 입술이 터지며 피가 쏟아졌다.

"버러지만도 못한 놈이 감히 누구더러 이래라저래라 하는 것이냐! 썩 비키지 못할까!"

"……죄송합니다."

장한은 황급히 비켜섰고 서문회는 호위와 함께 장원을 나섰다. 그런 서문회의 뒷모습을 바라보는 장한의 눈빛이 분노로 이글거렸다.

"지금껏 가족조차 외면한 채 모든 것을 바쳐 가며 충성을 다한 내가 버러지만도 못하다니……."

그때 또 다른 장한이 들어섰다.

"그러게 왜 주제넘게 나서 가지고……."

"닥쳐, 새끼야!"

장한은 동료를 밀어내고 밖으로 나갔다.

변수가 발생하는 순간이었다.

* * *

절대세력 백야벌.

비록 서문회가 실세였지만 모든 사람이 그를 추종하고 따르는 건 아니었다.

내로라하는 강자들 중에는 서문회의 실각만을 바라며 은밀하게 자신의 야망을 키워 가는 자들도 있었고, 서문회의 독단을 우려하는 자들도 있었다.

집법원주 여태량은 후자에 속하는 인물이었다.

법을 집행하는 기관의 수장으로서 많은 이들의 존경을

한 몸에 받고 있는 그는 날이 갈수록 커져만 가는 서문회의 권력을 매우 불안한 눈으로 지켜보고 있었다.

원탁회의의 일원이기도 한 여태량은 평소에도 서문회와 대립각을 세웠고, 옳지 않다고 판단되는 사안은 언쟁까지 불사하며 반대하기를 주저하지 않았다.

그야말로 서문회에게는 눈엣가시와도 같은 존재였다. 그러한 여태량의 거처에 측근이 찾아든 것은 달이 중천에 떠오른 심야였다.

"자네가 이 야심한 시간에 어쩐 일인가?"

"원주를 뵙고자 하는 자가 있어서요."

"나를? 그게 누군고?"

측근이 뒤를 돌아보며 눈짓을 보냈다.

"들어오너라."

한 장한이 들어섰다.

도심 외곽의 장원에서 서문회에게 뺨을 얻어맞고 분통을 터트렸던 그 장한이었다.

"이자는 누군고?"

"어서 말씀드려라."

장한이 머리를 조아리고는 입을 열었다.

"저는 장로원주의 비밀 거점에서 일을 하고 있는 전치라고 합니다. 장로원주가 비밀리에 불법적으로 운영하는 곳들에 대해 말씀드리고자 이렇게 찾아뵈었습니다."

"……!"

여태량의 눈빛이 대번에 변했다.

그는 측근을 향해 준엄하게 말했다.

"주변을 경계하시게."

"알겠습니다."

여태량은 장한을 직시했다.

"지금 불법이라고 하였는가?"

"그렇습니다."

"어디 말해 보게."

장한은 기다렸다는 듯 술술 털어놓았다. 그의 말은 한 시진에 걸쳐 이어졌고, 여태량의 얼굴은 심각하게 굳어졌다.

다만 장한은 서문회가 대막과 내통한다는 사실은 모르고 있었다. 직책이 그 정도 선에 이를 정도로 중요한 위치가 아니었던 까닭이다.

"이상이 제가 알고 있는 전부입니다."

여태량은 잠시 침묵을 지켰다.

그러다가 매서운 눈빛을 하고서 장한에게 추궁하듯 물었다.

"모두가 틀림없는 사실이렷다?"

"제 자식들의 목숨을 걸고 맹세할 수 있습니다."

"잘못되면 너와 네 식솔들의 목숨을 부지할 수 없음을

모르지 않을 터. 그럼에도 이 엄청난 것을 내게 알리는 이유가 무엇이냐?"

장한이 잠시 망설였다. 그러더니 입술을 깨물며 입을 열었다.

"솔직히 말씀드리겠습니다. 저는 지금껏 가족들의 삶까지 외면한 채 오직 장로원주만을 위해 일했습니다. 충성을 다하면 한자리 얻을 수 있으리라는 추악한 탐욕 때문이었습니다. 한데 장로원주는 이러한 저를……."

장한은 사실대로 모든 것을 털어놓았다.

꾸미지 않은 말만큼 진실 된 것은 없다고 했던가?

"모든 것이 바로잡히면 가족을 부양할 수 있는 자리 하나만 내주십시오. 그저 그것이면 더 바랄 것이 없겠습니다. 부디 저를 추하다 나무라지 마시고……."

주르륵.

장한이 말을 다 잇지 못하고 눈물을 쏟았다.

준엄하기로 둘째가라면 서러운 여태량이지만 장한을 결코 나무라지 않았다. 오히려 그의 본심을 가상하게 여겼다.

"네가 협이나 의를 앞세웠다면 내 너를 쉽사리 믿지 못했을 것이다. 알았으니 이후부터 각별히 조심토록 해야 한다. 알겠느냐?"

"제 말을 믿어 주시는 겁니까?"

"너의 진심이 가득한 태도에 믿지 않고는 배길 재간이 없구나. 아무튼 너의 용기를 가상하게 여겨, 추후 모든 것이 바로잡히면 가족을 부양할 수 있게끔 넉넉한 자리 하나는 약속하마."

"감사합니다! 정말 감사합니다!"

"이자에게 은자를 내주고 은밀히 돌려보내도록 하여라."

"예. 원주."

장한이 물러가자 여태량은 의자에 몸을 묻으며 지그시 눈을 감았다. 측근이 조심스럽게 물었다.

"저자의 말이 모두 사실이라도 섣불리 움직일 순 없지 않겠습니까? 누가 장로원주 편에 섰는지 드러난 자들보다 그러지 않은 자들이 더 많을 테니 말입니다."

"방법을 찾아봐야지. 네 말처럼 섣불리 움직였다가는 되레 장로원주에게 불법의 증거를 없앨 기회를 줄 수도 있을 테니까."

"그나저나 참으로 어이가 없습니다. 장로원주의 불법을 파헤치기 위해 그토록 많은 시간과 공을 들였건만 지금껏 빈손이었는데…… 이렇게 엉뚱한 곳에서 이 엄청난 것이 터지다니 말입니다."

"세상에 비밀은 없는 법이지. 일단 철 사자를 한번 만나 봐야겠어."

"원주께서 직접 움직이시면 장로원주 쪽에서 의심을 하지 않겠습니까?"

"대지존께서 험하기 짝이 없는 전장에 나가 계신다. 수하 된 입장에서 한번 찾아뵙는 것이 무슨 문제가 되겠느냐. 그리고 자신의 치부가 드러난 것을 전혀 모르고 있을 터이니 걱정할 거 없다."

"알겠습니다. 하면 내일 떠날 수 있도록 준비하겠습니다."

* * *

다음 날 아침 장로원.

애첩과 밤새 운우지락을 즐기고 새벽녘이 되어서야 백야별로 돌아온 서문회는 평소와 다름없이 집무실에서 측근들의 보고를 받았다.

첫 번째 보고가 집법원주 여태량과 관련한 내용이었다.

"집법원주가 대지존께 문안을 드리겠다며 삭주로 떠났습니다. 집법원 쪽에 확인을 해 보니 이미 며칠 전부터 예정되어 있던 일정이라고 합니다."

"여 원주는 고지식한 자다. 아무리 허수아비라도 대지존이 험한 전장에 나가 있으니 한번 정도는 문안을 다녀오고도 남을 위인이지."

"그래도 눈을 붙여 둬야지 않겠습니까?"

"쓸데없이 자극했다가는 영영 우리에게서 돌아설 수도 있으니 괜한 짓은 하지도 말거라."

"……예."

"다음."

"황하수련의 련주 가회가 대막이 보낸 살수에 의해 목숨을 잃었다는 소문이 돌고 있습니다."

"뭐라?"

"삭주 군영에서 시작된 소문인데, 그곳에 가 계신 공자께 확인을 해 보니 공자께서도 소문으로만 들었을 뿐, 사실 여부는 모른다고 하셨습니다."

서문회가 미간을 좁혔다.

"소문이 사실이라면 북부와 남부가 황하수련을 병합하려고 들겠군."

"그렇습니다. 황하수련과 전쟁을 치렀으니 병합하겠다고 나서면 달리 방법이 없습니다. 한데 만약 그렇게 되면 북부무림이 너무 커지지 않겠습니까?"

"그렇습니다. 북부가 황하수련까지 병합하면 다른 가문들과의 힘의 균형이 완전히 무너지게 됩니다. 그렇게 되면 벌의 통치와 지배력에도 심각한 문제가 생길 수 있습니다."

서문회는 미간을 찡그리며 잠시 말문을 닫았다. 이미 연후를 의식하기 시작한 그에게 황하수련의 병합은 지켜볼 수만은 없는 문제였다.

전혀 생각지도 못한 문제가 불거지자 서문회는 새삼 연후를 가볍게 본 지난날을 후회했다.

'황하수련까지 병합하면 호랑이에게 날개를 다는 격이 아니라 아예 용을 만들어 주는 꼴이 될 터. 절대 그렇게 흘러가도록 내버려 둘 순 없다.'

서문회는 차를 한 모금 마셨다.

탁!

"일단 가회의 생사부터 확인하고, 소문이 사실로 확인되면 그 즉시 보고토록 하라."

"알겠습니다."

"특별한 사안이 없으면 오늘은 여기까지만 하도록 하지."

"알겠습니다. 하면 쉬십시오."

수뇌들이 물러가자 서문회는 손가락을 튕겼다.

그러자 벽이 좌우로 벌어지며 녹포인이 모습을 드러냈다. 며칠 전, 철군악의 제거를 명 받았던 인물이었다.

"지시한 일은 어떻게 되어가고 있느냐?"

"호위가 삼엄하여 때를 기다리는 중입니다."

"무슨 일이 있어도 철군악, 놈을 반드시 제거해야 한

다. 알겠느냐?"

"염려 마십시오. 조만간 그자의 목을 원주께 바치겠습니다."

"흉측한 것을 봐서 뭣해. 성공하면 보고를 통해 알리면 될 것을. 쯧쯧쯧."

"……알겠습니다."

"해야 할 일이 하나 더 생겼다."

"하명하시지요."

"철혈가주 이연후, 놈의 약점을 찾아내도록 해. 우리가 거머쥐면 절대 빠져나갈 수 없을 그런 약점이어야 한다. 알겠느냐?"

"알겠습니다. 하면 바로 착수토록 하겠습니다."

"각별히 신중을 기해야 한다. 놈은 너희가 생각하는 그 이상으로 뛰어난 능력을 지녔다."

"명심하겠습니다."

녹포인이 벽 속으로 사라지자 서문회는 곧장 자리에서 일어나 그만의 비밀공간으로 향했다. 마공 수련을 위해 비밀리에 만들어 놓은 수련실이었다.

수련실로 들어선 서문회는 곧장 모든 옷을 벗어 버리고 핏빛 물에 몸을 담갔다.

'마공을 완성하면 인간이 느끼는 피로쯤은 전혀 느끼지 못할 터. 이제 얼마 남지 않았다. 한 단계만 올라서면 신

조차 나를 감당할 수 없을 것이다. 후후후.'

* * *

삭주 북부의 산악 지대.

새로운 군영을 세우기 위한 공사는 하루가 다르게 진척되어 갔다.

소무백은 철군악과 함께 망루에 올라 서서히 모습을 갖춰 가는 군영을 내려다보며 흡족한 표정을 지었다.

"방어진의 형태가 아주 완벽한 것 같습니다. 이대로 완성되면 이십만이 아니라 백만대군도 거뜬히 막아 낼 수 있을 것 같습니다."

"저도 지켜보면서 매일 놀라고 있습니다. 이런 강력한 방어진은 책에서도 보지 못한 것입니다."

군영의 설계는 연후가 한 것이었다. 현진이 새롭게 완성한 철혈가의 방어진에 몇 가지를 더해 설계한 것으로 오로지 방어에 중점을 둔 철옹성과도 같은 군영을 만드는 것이 목적이었다.

다소 복잡하고 방대한 설계였지만 십만에 가까운 병력이 동원된 까닭에 예상보다 훨씬 빠른 진척률을 보이고 있었다.

철군악이 넌지시 물었다.

"언제까지 이곳에 머무실 생각이신지요?"

"대막의 위협이 완전히 가셨다고 생각될 때까지는 이곳에 머무를 생각입니다. 괜찮겠지요?"

"원하시는 대로 하십시오."

철군악도 말릴 생각은 없었다.

당초 소무백이 이곳에 남을 거라고 했을 땐 걱정을 했었다. 대막이나 서문회 쪽에서 틀림없이 살수를 통해 암습을 해 올 거라는 우려감에서였다.

하지만 지금껏 쭉 머물면서 소무백을 지켜보니 이곳에 더 좋겠다는 생각을 갖게 되었다.

이곳에 머물겠다고 결정을 한 이후로 소무백의 표정은 과거와는 비교조차 할 수 없을 만큼 밝아졌다. 한 달에 한 번 보기 힘들었던 웃는 모습을 거의 매일처럼 볼 수 있었다.

'벌에서의 생활이 그렇게 싫으셨습니까?'

"사형."

"예."

"황하수련의 련주가 대막의 암습에 목숨을 잃었다는 소문이 과연 사실일까요?"

"아무래도 그냥 나온 소문이 아닌 듯합니다."

"사실이라면 황하수련은 어떻게 될까요?"

"흠…… 북부와 남부무림에 지분이 있다고 봐야 할 것

같습니다. 새외의 침공이 있기 전까지 그 두 곳이 황하수련과 전쟁을 치러 왔으니까 말입니다. 특히 검가는 주군인 검신까지 잃었지 않습니까."

소무백이 나지막이 숨을 고르고는 말을 이었다.

"벌에서도 이 문제를 논의하고 있겠군요. 남부는 몰라도 북부가 황하수련을 병합하면 가문들 간에 힘의 균형이 완전히 무너지게 될 테니까요."

"예. 해서 예상을 해 보자면……."

철군악이 말끝을 흐렸다가 이었다.

"벌이 대리 통치를 하겠다고 나설 가능성도 배제할 수 없을 듯합니다."

"그럴 명분이 있습니까?"

"명분이야 만들면 그뿐이지 않겠습니까. 문제는 장로원주의 생각입니다. 그가 대리 통치를 하겠다고 결정하면 어떤 식으로든 명분을 만들 것입니다."

"결국은 또 장로원주로 귀결이 되는군요."

"……"

철군악은 말을 해 놓고 아차 싶었다.

가장 중요한 결정권은 소무백에게 있었다. 그런데 자신도 모르게 서문회를 언급하고 만 것이다.

그만큼 서문회는 모두에게 실질적인 백야벌의 주인으로 군림하고 있었다. 철군악조차도 무의식중에 그걸 인정할 정도로.

"차라리 벌이 대리 통치를 했으면 합니다. 그렇게 되면 북부무림과 장로원주가 대립하는 일은 없을 테니 말입니다."

'언젠가는 대립하게 될 것입니다.'

철군악은 목구멍까지 넘어온 말을 집어삼켰다.

"그만 내려갈까요?"

"예. 곧 아침을 드셔야 할 때이니 내려가시지요."

두 사람은 망루에서 내려왔다.

허도와 백운이 망루 아래에서 대기하고 있었다. 악소는 잠시 철혈가로 돌아갔지만 백운은 악마전과 함께 이곳에 남았다.

물론 소무백의 호위 때문이었다.

"아침을 들기 전에 산책이나 하시죠."

"알겠습니다."

산책이라는 말에 허도와 백운이 서로를 쳐다보고는 두 사람의 뒤를 따랐다. 산책이라 해 봤자 영내를 도는 것이 전부였기에 악마전까지는 나서지 않았다.

한편 소무백이 군영 좌측의 숲으로 향하자 은밀히 움직이는 자들이 있었다.

저마다 삭주군의 복장을 하고 있었지만 주고받는 눈빛이 예사롭지 않은 자들이었다.

＊ ＊ ＊

"충!"

소무백이 가는 곳마다 무사들이 군례를 취했다.

이전이었다면 어색해했을 소무백도 이제는 매우 자연스럽게 반응했다.

그는 숲이 전하는 향을 음미하며 천천히 산책을 즐겼다. 그러다가 그도 모르게 외진 곳으로 들어서면 철군악이 슬며시 팔을 잡아끌었다.

"설마하니 대막이 이곳까지 살수를 보냈을까요."

"대막보다 더 신경 써야 할 곳이 있지 않습니까."

"아……."

소무백은 쓴웃음을 지으며 숲에서 떨어졌다.

그리고 잠시 후 전방에 물줄기가 보이기 시작했다. 강이라고 하기에는 부족할 정도였지만 대군의 생활용수로 사용하기에는 충분할 정도였다.

강 곳곳에 무사들이 빨래를 하느라 여념이 없었다.

소무백은 괜히 방해하기가 싫어서 일부러 무사들이 없는 곳으로 향하려다가 강 쪽으로 발길을 돌렸다.

그가 향하는 전방에 세 명의 무사들이 커다란 대나무통에 빨랫감을 담고 있었다.

"수고들 많소."

"충!"

세 무사가 화들짝 놀라며 군례를 취했다.

소무백은 빨랫감이 듬뿍 담겨 있는 대나무통을 살피기 위해 고개를 내밀었다.

바로 그때였다.

확!

철군악이 소무백을 뒤로 잡아당기며 우수를 뻗었다. 동시에 세 무사가 철군악을 향해 달려들었고, 허도가 소무백을 막아서며 검을 뽑았다.

챙!

찰나의 순간에 벌어진 일이었다.

하지만 가장 빨리 움직인 이는 백운이었다. 그의 대도가 대나무통을 그대로 자르고 지나갔다.

퍽!

"크악!"

대나무통이 반으로 쪼개지며 그 속에서 피가 콸콸 쏟아졌다.

퍽!

철군악의 우수가 한 무사의 머리를 날렸고, 두 무사의 검은 철군악의 가슴과 어깨를 베고 지나갔다.

팟!

철군악의 몸에서 피가 튀었다.

두 무사가 재차 철군악을 향해 달려들었다. 그때 소무백의 우수에서 황금빛 섬광이 일어나 한 무사의 가슴을 꿰뚫었다.

퍽!

"컥!"

콱!

철군악이 마지막 남은 무사의 목을 움켜쥐었다.

"감히……."

끄르륵.

무사의 입에서 시커멓게 죽은피가 쏟아지자 철군악은 황급히 손을 뗐다. 핏속에 독이 섞여 있음을 간파한 것이다.

"사형!"

"괜찮습니다. 가볍게 스친 것이니 걱정하지 마십시오. 호위장은 속히 대지존을 군영으로 모시게."

"예!"

모두는 신속하게 군영으로 향했고, 백운이 맨 뒤에서 만약의 사태에 대비하며 움직였다.

군영으로 돌아온 철군악은 바로 치료에 들어갔다. 부상은 생각보다 깊었다.

소무백은 분노했다.

그에게 철군악은 정신적 지주나 다름없는 존재였다. 그런 철군악이 자신을 지키려다가 부상을 입고 말았다.

"중독 현상입니다. 속히 단전을 차단하십시오."

군의의 말에 철군악은 단전의 흐름을 봉쇄했다. 그는 소무백을 쳐다보며 웃었다.

"너무 걱정하지 마십시오. 한 며칠 치료하면 쾌차할 겁니다."

잠시 후 군의가 돌아가고 백운과 허도가 들어섰다. 군의를 통해 중독을 전해 들은 둘의 표정은 매우 무거웠다.

허도가 무겁게 말했다.

"죄송합니다. 제가 소임을 다하지 못했습니다."

"호위장의 임무는 대지존을 호위하는 것이네. 대지존께서 무사하시면 그걸로 된 것이니 자책하지 말게."

백운이 말하고 나섰다.

"대지존이 아니라 사자를 노린 놈들이었습니다."

"나부터 없애겠다고 생각을 바꾼 모양이지."

철군악은 암습의 배후를 서문회라 확신하고 있었다.

백운이 말을 이었다.

"악소 형님이 오실 때까지 가급적 출입을 삼가시는 게 좋을 것 같습니다."

소무백이 물었다.

"언제쯤 돌아옵니까?"

"늦어도 이틀 안에는 도착하실 듯합니다. 호위 병력을 꾸려서 오느라 시간이 좀 지체되는 것 같습니다."

악소가 철혈가로 돌아간 이유는 바로 호위 병력을 꾸리기 위함이었다. 암습 사건 이후로 허도를 제외한 모든 호위는 군영의 모처에 감금되어 있었다.

또 누가 서문회의 사주를 받은 살수인지 파악할 방법이 없어 연후는 철혈가에서 호위를 맡겠다고 해 놓은 상태였다.

그때였다.

"대지존! 속하입니다!"

"무슨 일이냐."

"집법원주께서 오셨습니다."

"……!"

모두가 놀랐다. 집법원주 여태량이 갑자기 왜 이곳을 찾아온 것일까.

철군악이 말했다.

"여원주는 장로원주의 독단을 가장 달갑지 않아 하는 사람입니다. 필시 이유가 있어 왔을 터이니 반갑게 맞아 주십시오."

"알겠습니다."

"제가 모셔 오겠습니다."

허도가 막사를 나섰다. 그리고 잠시 후에 여태량과 함

께 돌아왔다.

"대지존을 뵙습니다."

"어서 오십시오, 원주."

"아니, 이게 어떻게 된 일입니까?"

뒤늦게 철군악이 부상을 당한 모습을 본 여태량이 크게 놀라워했다.

소무백이 침중한 어조로 말했다.

"암습 시도가 있었습니다."

"……."

자초지종을 들은 여태량은 눈빛을 가라앉히며 말했다.

"긴히 드릴 말씀이 있으니 호위들을 물려 주셨으면 합니다."

"이들은 믿어도 되는 사람들입니다."

"아닙니다. 저희는 밖에 나가 있겠습니다."

허도가 백운의 팔을 끌고 막사를 나섰다.

백운이 막사를 힐끗 쳐다보며 물었다.

"저 양반은 믿어도 되는 사람이오?"

"벌에서 거의 유일하게 장로원주의 독단에 맞서고 계신 분이니 믿어도 될 거요."

"소문하고 실제하고 다른 경우가 좀 많아야지."

"집법원주는 믿어도 좋소."

둘은 막사에서 조금 떨어진 곳으로 걸어가 그곳에 자리

를 잡았다. 몇몇 무사들이 가까운 곳을 지나가다가 허도의 살벌한 눈빛에 흠칫하며 멀어지곤 했다.

백운이 다른 것을 물었다.

"조금 전의 암습…… 호위장도 장로원주 쪽 소행이라 보시오?"

"대막이 아니면 그쪽 말고 누가 있겠소."

"영감탱이가 마각을 드러낼 거면 시원하게 드러낼 것이지, 좀생이처럼 암습이나 처해 대고……. 차라리 우리 쪽에서 영감탱이를 죽여 버리는 건 어떻겠소?"

"……."

허도가 답이 없자 백운이 묘한 표정을 지었다.

"생각이 아예 없는 것 아닌 모양이오?"

"솔직히…… 그렇소."

"그럼 됐네. 밑져 봐야 본전인데 한번 시도는 해 봐야지 않겠소? 까짓것, 실패하면 죽기밖에 더하겠소?"

"죽음이 두렵지는 않소. 하지만 실패했을 경우에 맞아야 할 후폭풍이 너무나도 끔찍할 것이 분명하기에 함부로 나서지 못하는 것이오."

"하긴…… 실패하면 모든 것을 대지존에게 뒤집어씌우고도 남을 인간이긴 하지."

"그렇소."

"기가 막힐 노릇이네. 그 영감탱이가 권좌를 노린다는 것을 뻔히 알면서도 그저 지켜볼 수밖에 없는 처지라니……."

"달도 차면 기우는 법이오. 언젠가는 때가 오리라 믿고 있소."

허도의 결연한 눈빛에 백운이 피식 웃었다.

"그거 아시오?"

"뭘 말이오?"

"나와 악소 형님은 당신이 장로원주가 심어 놓은 첩자라 여겼었소. 우리 주군도 마찬가지고 말이오."

"……."

"기회가 되면 당신을 죽일 생각도 했었는데…… 그랬더라면 진짜 억울한 귀신 하나가 생길 뻔했소. 후후후."

백운의 솔직한 말에 허도는 쓴웃음을 지었다. 소무백과 철군악도 자신을 서문회의 첩자라 생각했었는데 이들이야 오죽할까.

"그나저나 얘기가 길어지네?"

백운이 막사 쪽을 돌아보며 중얼거렸다.

그때였다.

"멈춰라!"

허도가 우측을 향해 싸늘히 외쳤다.

무사 두 명이 바구니와 쟁반을 들고 걸어오고 있었다. 바구니에는 술과 말린 과일이, 쟁반에는 김이 모락모락 피어나는 요리가 담겨 있었다.

"대숙수께서 대지존께 드리려고 만든 요리입니다."
"여기 놓고 돌아가거라."
"……예."

백운이 무사들이 놓고 간 술과 요리를 보며 군침을 삼켰다.

허도가 요리를 확인하려고 하자, 백운이 머리에 꽂고 있던 은으로 만든 비녀를 빼며 히죽 웃었다. 장발이라 머리카락이 흘러내리는 것을 막기 위해 여인들이 쓰는 은으로 만든 비녀를 쓰곤 하는 백운이었다.

백운은 비녀를 옷에 슥슥 문지른 다음 요리에 푹 꽂았다. 그리고 조금 시간이 흐른 뒤에 비녀를 빼서 허도에게 보여 주었다.

"독은 없는 것 같소."
"내가 갖다 드리고 오겠소."

허도가 바구니와 쟁반을 들고 막사로 들어갔다.

그리고 백운은 몰래 빼놓은 고기 한 점을 입안에 털어 넣기 위해 고개를 들다가 안광을 번뜩였다.

'뭐야, 저 새끼는…….'

이곳을 기웃거리던 누군가가 시선이 마주치자 황급히 몸을 날렸다.

쾅!

땅을 박차고 뛰어오른 백운은 막사의 지붕을 발판 삼아

엄청난 속도로 내달렸다. 그 와중에도 그는 고기를 입안에 털어 넣고 씹었다.

 백운이 맹렬히 추격했으나 상대의 속도도 결코 만만치 않았다.

 백운은 전방을 응시하며 인상을 그렸다. 도주하는 자가 삭주군의 복장을 하고 있었는데, 전방에 수천 명의 삭주군이 이동하고 있었다.

 '저 무리 속으로 들어가면 놓치고 만다.'

 수천 명의 얼굴을 일일이 확인할 순 없는 노릇이라 그 전에 무조건 잡아야 했다.

 우우웅!

 백운은 공력을 최대치로 끌어올렸다. 그러자 막사의 지붕을 밟을 때 충격부터가 확연히 달라졌다.

 쾅!

 그가 밟고 뛰어오른 막사가 무너졌다.

 안에서 사람들이 뛰쳐나왔지만 백운은 이미 까마득한 거리를 날아가고 있었다.

 상대가 뒤를 돌아봤다. 그러고는 백운이 상당히 가까운 곳까지 쫓아온 것을 발견하고는 낯빛이 굳어졌다.

 "……!"

 번쩍!

 백운의 대도가 강기를 뿜었다.

강기는 간발의 차이로 도주하던 자의 머리 위를 스치고 지나갔다.

잘린 머리카락 몇 올이 허공에 흩날릴 때 두 번째 강기가 허공을 갈랐다.

'잡았다, 쥐새끼!'

팟!

강기는 도주하던 자의 다리를 베고 지나갔다.

"아예 다리 하나를 잘라 주지. 후후후."

세 번째 강기가 백운의 대도를 떠나려 할 때였다. 돌연 아래쪽에서 섬뜩한 기운이 치솟는 것을 느낀 백운은 허공에서 몸을 비틀며 더 높은 곳으로 튀어 올랐다.

팟!

뭔지 모를 기운이 간발의 차이로 그의 신발을 스치고 지나갔다.

백운은 허공에서 아래를 내려다봤다. 두 명의 삭주군이 막사 사이로 사라지는 것이 보였다.

꿈틀.

백운의 얼굴이 붉게 물들었다. 생각지도 못한 공격으로 인해 쫓던 자를 놓치고 만 것이다.

그때였다.

넌 포기가 너무 빨라. 그걸 극복하지 못하면 결코 지금

보다 더 강해질 수 없다.

 연후에게 수도 없이 들었던 잔소리가 백운의 머릿속에서 천둥처럼 울렸다.
 "개새끼들이 감히 나 악마도를 뭘로 보고……."
 팡!
 백운이 두 다리를 힘껏 뻗었다.
 그러자 공간이 일그러지는 현상과 함께 그의 육신이 쏘아진 화살처럼 튀어 나갔다.
 방향은 아래쪽에서 암습했던 자들이 사라진 쪽이었다. 그 전에 쫓던 자는 이미 수천 명의 삭주군 무리로 숨어든 뒤였다.
 콰콰쾅!
 막사가 연이어 무너졌다.
 곳곳에서 소란이 일었지만 백운은 결코 추격전을 끝낼 생각이 없었다.
 하지만 상황은 그에게 호의적이지 못했다. 이번에도 전방에서 수천 명의 삭주군이 우르르 몰려나오고 있었다. 협곡에서 공사를 하던 병력들이 공사를 마치고 돌아오는 길이었다.
 백운은 쫓던 자들이 무리 속으로 뛰어드는 것을 발견하고는 눈에서 불꽃을 일으켰다.

'빌어먹을…….'

그때였다.

뒤에서 도주하던 자의 몸에서 뭔가 떨어지는 것이 보였다. 백운은 추격을 포기하고 떨어진 물건을 줍기 위해 지상으로 내려섰다.

"이건 또 뭐야."

백운은 수중의 물건을 이리저리 살폈다.

비단으로 만든 아주 작은 주머니였는데, 그곳에서 여인들이나 몸에 지니는 사향이 진하게 흘러나오고 있었다.

"여자?"

* * *

이틀 후.

집법원주 여태량이 백야벌로 떠나기 위해 군영을 나섰다. 소무백을 비롯한 각 부대의 수장들이 그를 배웅하기 위해 나섰다.

백운과 허도는 경호에 만전을 기했다.

인사를 주고받은 여태량이 소무백을 향해 머리를 조아렸다.

"하면 이만 돌아가 보겠습니다."

"이곳 사정이 어느 정도 안정되면 벌로 돌아갈 것입니

다. 그때 다시 뵙지요, 원주."

여태량이 군영을 나섰다.

모두가 배웅하는 가운데 백운은 다른 사람들이 일정 거리 안쪽으로 접근하는 것을 손을 들어 막았다.

"거기까지. 더는 다가오지 마시오."

모두가 못마땅한 표정으로 백운을 노려봤지만 이의를 제기하는 사람은 없었다. 철군악이 암습을 당한 사실을 모르는 이가 없었기 때문이었다.

백운은 가장 성난 눈으로 자신을 노려보는 자를 향해 씩 웃었다. 서문회의 손자 서문추였다.

[더 다가오면 용의자의 배후로 간주하겠소.]

결코 농담이 아니었다.

꿈틀.

백운은 칼날처럼 휘어지는 서문추의 눈썹을 보며 다시 한번 이를 드러내며 웃었다.

그때였다.

'......응?'

백운은 슬쩍 미간을 좁히며 서문추의 뒤쪽을 응시했다. 그곳에 비범한 분위기를 풍기는 청년 두 명이 있었다.

그들이 비범해서 시선을 준 것은 아니었다.

바람 속에 섞여 있는 향기.

'그때 그 사향 냄새인데……'

이틀 전, 추격을 하다가 놓쳤던 자들.

그들이 떨어뜨렸던 사향 주머니와 지금의 향이 똑같았다. 비록 그 정도가 미약하기 짝이 없었지만 백운의 후각을 비켜날 순 없었다.

백운은 서문추 주변에 여무사들이 있는지 날카롭게 살폈다.

하지만 어디에도 여무사는 없었다.

'그러고 보니 저 자식한테서도 사향 냄새가 나는 것 같은데……'

백운의 두 눈이 서문추의 얼굴에 다시 고정되었다. 그러다가 이채를 발한 것은 서문추의 귀에 달려 있는 귀걸이를 보았을 때였다.

'오호, 이것 봐라?'

명문가의 자제들이 귀걸이를 하는 것은 전혀 이상한 일이 아니었다. 하지만 백운으로 하여금 이채를 발하게 만든 이유는 따로 있었다.

서문추의 뒤에 서 있는 두 청년들 중 하나가 똑같은 귀걸이를 하고 있었다. 그 역시 전혀 이상할 것은 못 되었다.

하지만 서문추를 바라보는 청년의 눈빛이 문제였다.

사랑하는 여인을 바라보는 사내의 눈빛, 혹은 그 반대

로 사랑하는 사내를 바라보는 여인의 눈빛이랄까?

백운은 확실히 그렇게 느꼈다.

그때 서문추의 싸늘한 경고성이 귓속으로 날아들었다.

[호위 따위가 감히 누굴 똑바로 쳐다보는 것이냐! 냉큼 시선을 돌리지 못할까!]

씨익.

'너……딱 걸렸어, 개자식아.'

* * *

[前略…… 이러한 사정으로 육손을 보내 주셨으면 합니다. 놈의 능력이 반드시 필요한 일이라 최대한 빨리 보내 주십시오. 일이 마무리 지어지면 바로 연락드리겠습니다.]

연후는 백운이 보낸 전서를 내려놓으며 눈빛을 발했다.

'손자가 암습의 배후로 지목되면 과연 어떻게 나올지……. 그나저나 앞으로 백야벌이 어떻게 돌아갈지 궁금하군.'

전서에는 백야벌의 집법원주 여태량이 서문회의 불법 행위를 포착했다는 내용도 적혀 있었다.

연후는 마침 보고를 위해 찾아온 송영에게 육손을 데려

오라 지시했다.

잠시 후 송영이 육손과 함께 돌아왔다.

"부르셨습니까?"

"백운에게 좀 다녀와야겠다."

"백운 형님에게 말입니까?"

"이걸 읽어 보고 필요한 것이 뭔지 파악해서 미리 만들어서 가도록 해."

육손은 연후가 내민 전서를 읽었다.

사안이 사안인지라 육손이 두 눈을 휘둥그레 치뜨며 놀라워했다.

"철 사자께서 많이 다치지 않으셨다니 다행입니다. 그나저나 이것들이 진짜 미쳐도 제대로 미친 것 같습니다. 아무리 그래도 한 군영에서 머무는 자를 이용해 암습을 시도하다니 말입니다."

"서문추는 경험이 미천한 놈이다. 보나 마나 장로원주에게 잘 보이려고 서둘렀을 테지. 어쨌든 네가 가서 백운을 도와주도록 해."

"알겠습니다. 최대한 빨리 필요한 독을 만들어서 떠나도록 하겠습니다."

"저도…… 같이 가면 안 되겠습니까?"

연후는 송영을 직시했다. 시선이 마주치자 송영이 슬며시 눈을 깔았다.

'그러고 보니 누구보다 이놈이 가장 바쁜 나날을 보냈군.'

"군사에게 현안 보고는 제대로 했느냐?"

"예. 워낙에 비상하신 분이라 한 번 말씀드리니 다 이해하셨습니다."

"광산 쪽도 제대로 보고했겠지?"

"예. 그게 제일 중요한 일이라 가장 먼저 보고드렸습니다."

연후는 차를 한 모금 마셨다.

탁.

"둘이 어울려 다니면서 사고 치면 알지?"

"……그럼 저도 보내 주시는 겁니까?"

"특별 휴가라고 생각하고 함께 다녀 와."

"우와!"

쾅!

"큭!"

송영이 좋아서 펄쩍 뛰다가 천장에 머리를 박고는 뒤로 벌러덩 자빠졌다.

육손이 한심하다는 표정을 지었다.

송영은 눈물을 찔끔거리면서도 아이처럼 헤벌쭉 웃었다.

"감사합니다, 주군. 으흐흐."

그때 철우가 들어섰다.
"백야벌에서 전서가 왔습니다."
"누가 보낸 거지?"
"원탁회의의 인장이 찍혀 있습니다."
연후는 철우가 건넨 전서를 즉각 펼쳤다.
모두는 연후의 표정을 주목했다. 그러다가 점점 굳어지는 표정을 보고는 서로를 쳐다봤다.
[또 뭔가 터진 것 같은데?]
[그러게.]
팟!
전서가 연후의 손에서 한 줌 재가 되어 흩날렸다.
철우가 조심스럽게 물었다.
"또 무슨 일입니까?"
"황하수련 때문에 논의할 일이 있으니 별로 들어오라는군."
"갑자기 왜 그러는 걸까요? 혹시 우리가 황하수련을 병합하려는 것을 방해하기 위한 건 아닐까요?"
"북궁가주도 불렀다고 하니 아마 네 말처럼 될 가능성이 높다고 봐야겠지."
"가실 겁니까?"
"원탁회의의 이름으로 내린 소환장이니 싫어도 가 볼 수밖에."

연후는 자리에서 일어나며 말을 이었다.

"내일 아침에 바로 떠날 테니 준비해."

"알겠습니다."

연후는 곧장 북문 쪽으로 향했다. 황태가 머무는 곳이 그곳에 있었다.

연후가 들어서자 황태와 함께 온 두 청년이 그를 맞았다.

"어서 오십시오."

"이곳에서 쭉 머물 생각인가?"

"전주님을 모셔야 합니다."

"그럼 이후부터 쳐다보는 눈빛부터 고쳐."

"……예."

좋을 리가 없었다. 어쨌거나 그들에게 연후는 자신들의 상관을 죽인 사람이었다. 물론 황태를 통해 모든 것을 전해 들었다지만 쉽사리 녹여 낼 순 없는 것이었다.

연후가 안으로 들어가자 침상에 걸터앉은 황태가 그를 맞았다.

"앉은 것을 보니 살 만한가 보군."

"누워 있으면 그 인간 얼굴이 떠올라 견딜 수가 없어서."

적혼을 말함이었다.

"회복되면 또 복수를 하러 찾아갈 건가?"

"물론이지. 다만 방법을 달리할 생각이다."

"방법을 달리한다……."

"나 혼자서 혈가를 감당할 순 없지. 해서 생각해 봤는데…… 나를 철혈가의 일원으로 받아 줄 수 있나?"

"받아 주면?"

"내가 밥값은 할 정도의 실력은 되지 않을까 싶은데."

"인정하지."

"대신 조건이 있다."

황태가 한숨 고르고 말을 이었다.

"적혼은 내가 죽인다."

"그게 조건의 전부인가?"

"밖에 저 친구들도 받아 주면 더 좋고."

연후는 잠시 황태를 직시했다.

너무 갑작스러운 제안이라 살짝 당황스럽기는 했지만 그렇다고 놀랄 정도는 아니었다. 자신이 황태라도 복수를 위해서라면 비슷한 생각을 하지 않았을까.

"나도 조건을 하나 걸까 하는데."

"뭐지?"

"믿음이 생길 때까지 금제를 가해 둬야겠어. 물론 허튼 짓만 하지 않으면 무인으로서 살아가는 데 전혀 지장이 없는 것으로. 내가 사람을 좀 잘 못 믿어서 말이야."

피식.

황태가 웃었다.

"솔직해서 좋군. 하긴 나라도 그렇게 했을 테지. 좋다. 그럼 이제 한배를 탄 건가? 후후후."

"공식적으로 망명을 발표하는 문제는 백야벌에 다녀와서 마무리 짓도록 하지."

"백야벌에 가나?"

"날 보고 싶어 하는 작자가 있어서."

"아쉽군. 나도 백야벌에 한번 가 보고 싶은데 말이야. 뭐, 어쨌든 조심해서 잘 다녀오라고. 귀신이 되어 돌아오면 내가 많이 섭섭할 거야. 후후후."

그때였다. 밖에서 누가 들어오는 소리가 들려왔다.

돌아보니 송영이 바구니를 하나 들고 들어서고 있었다. 그가 연후를 보고는 눈이 동그래졌다.

"어?"

연후는 송영이 들고 있는 바구니를 응시했다. 바구니에는 먹을 것과 책 몇 권이 담겨 있었다.

"그건 뭐지?"

"아, 그게…… 심심할 때 읽는다고 책 몇 권만 갖다 달라고 해서 말입니다."

연후는 책표지를 살피다가 미간을 좁혔다.

한 권은 잘 모르겠고, 다른 한 권은 뒷골목의 시정잡배들이나 읽는 야설이었다.

황태가 씩 웃었다.

"내가 야설을 좀 좋아해. 인간의 원초적인 감정을 가장 잘 이해할 수가 있어서 말이지. 고맙다, 애송이."

"그 애송이라는 말 좀 그만합시다."

"그럼 꼬마라고 할까?"

"이런 쌍."

말은 거칠었지만 눈빛은 전혀 그렇지 않았다.

사실 황태가 돌아왔을 때 가장 반겼던 사람이 송영이었다. 물론 자신이 놓쳐서만은 아니었다.

"좋아한다니까 몇 권 더 구해 주도록 해."

"……창피해서 더는 못 구합니다. 저걸 구할 때도 철혈가 사람이 아닌 척 변장까지 하고 어렵게 구했습니다."

황태가 책을 들고 흔들었다.

"됐어. 이거 한 권이면 충분해."

"됐다는데요?"

"……."

"그리고 제가 삭주에 가면 위량이 이 양반을 맡기로 했는데…… 그래도 되겠습니까?"

"알았다."

연후는 황태에게 또 보자는 말을 남기고 밖으로 나섰다. 송영이 따르며 물었다.

"저 사람…… 망명했습니까?"

"그래."

"와……."

"꽤 반기는 눈치군. 그 정도로 정이 들었나?"

"그게 아니라…… 적혼하고 겨룰 정도의 실력자면 상당한 도움이 되지 않겠나 싶어서 말입니다."

"내 없는 동안에 각별히 신경을 더 써 주도록 해."

"저도 삭주로 가는데요? 대신 위량이 그 녀석한테 잘 말해 놓겠습니다. 그럼 저는 장로원에 가 봐야 해서……."

송영이 바람처럼 날아갔다.

연후는 실소를 머금었다. 삭주로 가지 못하게 할까 봐 저러는 것이었다.

* * *

그날 저녁.

연후는 뜻밖의 방문객을 맞았다. 서령이었다.

"백야벌에 간다고 들었어요."

"그것 때문에 찾아왔나?"

"예. 나도 같이 가려고요."

"벌써 약속을 잊은 모양이군. 넌 동방가주의 호위다. 하니 그녀의 곁을 지켜야지."

"걱정 말아요. 조금 전에 말씀드리고 허락받았으니까. 뭐, 같이 가는 게 싫다면 나 혼자 갈게요."

연후는 미간을 좁혔다.

"백야벌에는 왜 가려 하는 거지?"

"볼일이 있어서요."

"혈옥에 갇혀만 살았다면서 백야벌에 무슨 볼일이 있다는 거지?"

"내가 언제 혈옥에만 갇혀 살았다고 했죠? 한 번도 그런 말을 한 적이 없는데요?"

"……."

연후는 말문이 막혔다.

그러고 보니 그런 말을 들은 적은 없었다. 그런데 왜 자신은 서령이 혈옥 안에서만 살아왔다고 생각하고 있었던 걸까.

어쩌면 그래서 더 측은하게 여겼을지도 모를 일이었다.

서령이 재촉했다.

"빨리 결정하시죠?"

"쓸데없는 짓 하면 알아서 해."

결국 연후는 허락했다.

"흥! 소수마공을 익힌 절대고수를 호위로 거느렸다고 생각하면 나한테 잘해야 할걸요?"

"볼일 끝났으면 그만 가 봐."

그때 서령의 가운뎃손가락이 올라오려는 것이 보였다.

"내가 모른다고 여겼나?"

"알고…… 있었어요?"

"한 번만 더 그러면 다음부터는 그 잘난 소수마공을 네 손가락으로 펼치게 될 거다."

* * *

다음 날 새벽.

연후는 백야벌로 떠났다. 호위는 철우 혼자였고, 서령이 함께했다.

(북천전기 15권에서 계속)

환상이 숨쉬는 공간 파피루스 blog.naver.com/gnpdl7

천하제일의 상재를 타고난 은서호
승승장구하던 그를 가로막는 자들

"어째서 무림맹이 나를……."
"너무 크게 성장해서 귀찮아졌거든. 그러니까 눈에 거슬린다는 거지."

상단 일을 시작했던 그날로 돌아왔고, 굳게 다짐한다
이번 생에서는 절대 후회하지 않기로

"그렇게 네놈들이 깔본 돈으로 무너뜨려 주마."

천재적인 두뇌와 뛰어난 무공 재능까지
역사에 남을 위대한 상황(商皇)의 행보가 시작된다!

향란 신무협 장편소설

은혜상단 막내아들